OEUVRES INÉDITES

DE

XAVIER DE MAISTRE

Premiers essais. — Fragments
et Correspondance

AVEC UNE ÉTUDE ET DES NOTES

Par EUGÈNE RÉAUME

TOME SECOND

PARIS

ALPHONSE LEMERRE, ÉDITEUR

27-31, PASSAGE CHOISEUL, 27-31

M DCCC LXXVII

ŒUVRES

DE

XAVIER DE MAISTRE

ŒUVRES INÉDITES

DE

XAVIER DE MAISTRE

Premiers essais. — Fragments
et correspondance

AVEC UNE ÉTUDE ET DES NOTES

Par EUGÈNE RÉAUME

———

TOME SECOND

FAC ET SPERA

PARIS

ALPHONSE LEMERRE, ÉDITEUR

27-31, PASSAGE CHOISEUL, 27-31

—

M DCCC LXXVII

CORRESPONDANCE

(SUITE.)

CORRESPONDANCE

(SUITE.)

XXXI.

A LA VICOMTESSE DE MARCELLUS.

12 avril 1831.

E vous effrayez pas, de grâce, de la multiplicité de mes lettres. Aujourd'hui j'ai besoin de consolation, tous nos projets de Castellamare sont dérangés: une maudite Anglaise, que nos amis de Naples ont eu le faux scrupule de ne pas faire empoisonner, a loué la campagne pendant notre lente correspondance, cette campagne attenante à celle de M. de La Ferté, cette campagne que nous connaissions et qui nous convenait si fort; j'en ai pleuré et j'en pleurerai longtemps. A présent il faudra en chercher une autre, la trouverons-nous? Les Anglais arrivent comme les sauterelles en

Égypte, depuis que la paix est rétablie en Auso-
nie. Mais il ne faut pas désespérer, cela devait
être ainsi, peut-être sera-ce pour le mieux; nous
serons peut-être voisins, qu'importe où, de la
bonne Valentine. Ne m'est-il pas déjà arrivé, me
croyant sûr d'être heureux, au moins pour une
saison, et avec toutes les chances probables, d'être
cruellement détrompé? Non, je ne demande plus
rien à l'inexorable Destin, à cette formidable Nécessité qui entraîne tout ce qui existe, qui trompe
toutes les espérances, qui déchire les cœurs et qui
finit par nous engloutir au milieu de nos illusions
mensongères. Je sais bien que ces mots destin,
nécessité, ne sont autre chose que des sobriquets
que les philosophes ont donnés à la Providence;
sans doute c'est elle qui dirige tout; j'en ai une
foi bien sincère, aussi je dis chaque jour et à
chaque heure du fond de mon cœur avec une
amère résignation : que votre volonté soit faite!

Pour mieux commencer cette page que je n'ai
fini l'autre, je vous dirai que tout est fini dans les
États de Sa Sainteté; les Autrichiens sont maîtres
d'Ancône et de tous les points où les insurgés
s'étaient follement établis. Ceux d'Ancône avaient
forcé le cardinal Benvenuti de signer une capitulation en une quinzaine d'articles par lesquels ils
se réservaient les grades militaires dont ils s'étaient
affublés eux-mêmes, pensions, émoluments, etc.,
des passe-ports gratis à ceux qui voudraient partir
avec tout ce qu'ils voudraient emporter, puis un
dernier article par lequel ils demandaient que le
pape Grégoire XVI réformât les abus qui s'étaient

introduits dans le gouvernement pendant les règnes
précédents. Le commandant autrichien les a tous
fait enfermer dans le Lazaret, ce à quoi ils n'avaient
pas songé dans leur belle capitulation; on finira
par leur pardonner, afin qu'ils recommencent à la
première occasion. On n'a fait de résistance nulle
part, excepté à Rimini; là, il paraît que la population entière prenait fait et cause pour les insurgés; une avant-garde autrichienne qui comptait
apparemment sur la même facilité qu'on avait
trouvée à Bologne a été vivement repoussée; un
officier tué et deux blessés leur ont prouvé qu'il
faut toujours être sur ses gardes à la guerre, même
contre les soldats du pape.

Enfin tout est terminé, on a reçu généralement
avec plaisir les libérateurs, parce qu'on commençait à être vexé par cette populace insurgée sans
ordre et sans discipline. Nous avons été plus de
dix jours cernés de toutes parts et sans recevoir
de lettres, dans un moment où l'on n'était pas
encore sûr de l'arrivée des Autrichiens, en sorte
que l'on n'était pas sans inquiétude, par l'impossibilité de partir de Rome, qui était comme une
oasis paisible au milieu de ces révolutions. Beaucoup de personnes vont à Naples, on y est fort
content du jeune roi. Si quelque brandon français
ne vient pas troubler l'Italie, nous resterons fort
tranquilles cet été.

J'ai des lettres de Piémont où l'esprit de l'armée
est excellent; les trente et un jours ont désabusé
beaucoup de monde. Je ne crains que pour ma
pauvre petite Savoie qui, au premier cri de guerre,

sera envahie sans faute. Mes vieilles sœurs sont dans une inquiétude mortelle.

Les Polonais veulent encore se défendre, et ils se défendent bien ; leur folie est embellie par le courage, mais elle n'en est que plus grande. Ils auront la triste consolation d'être écrasés honorablement. Vous savez leurs nouvelles avant nous, aussi je ne vous en dis rien. . . . .

J'espère vous avoir tranquillisée sur le sort de l'Italie.

XXXII.

A LA MÊME.

Rome, 3 mai 1831.

. . . .

SI nous ne trouvons pas de gîte dans ce paradis terrestre (Castellamare), nous en sortirons comme Adam et Ève, en pleurant, mais avec des habits plus amples. — Ne voilà-t-il pas que je retombe dans les habitudes du vieil homme ! Cela est d'autant plus déplacé que j'ai le cœur troublé et comprimé.... Si vous êtes à Castellamare et nous à Naples, ce sera une douleur, un mal incurable qui se renouvellera à chaque lever du soleil et qui durera toute la journée et toute la belle saison. Je n'ose pas y penser et je suis bien déterminé à faire l'impossible pour éviter ce malheur. Ajoutez à cette perspective inquiétante les nouvelles du Nord où le célèbre Zabalkanssi se laisse couper et battre (à ce qu'on dit dans vos journaux) par les Polonais. Quoique je ne croie pas à tout ce qu'on dit, il y a sûrement plus de vrai que je n'en voudrais..

Le non succès seul et la perte de temps est déjà un grand mal dans les circonstances actuelles où l'Europe entière fermente. N'est-ce pas assez? Ajoutez encore que ma belle-sœur écrit de Saint-Pétersbourg qu'elle ne sait plus où nous adresser nos subsides, elle croit Rome à feu et à sang et pense que nous sommes à Genève, toujours d'après les nouvelles des journaux. Tous nos amis y sont dans une grande inquiétude sur notre compte, mais cela est le moindre mal, parce qu'ils reçoivent de nos nouvelles chaque semaine et qu'ils seront bientôt désabusés.... Vous aurez vu dans les gazettes l'oukase de l'empereur qui ordonne la rentrée de tous les enfants russes depuis l'âge de dix ans (Arthur atteindra cet âge au mois d'octobre prochain), sous peine d'être exclus de tout emploi civil ou militaire à l'avenir. Cette loi, que je trouve très-juste et très-prudente, ne peut pas regarder les enfants malades, et ce serait perdre tout le fruit de notre séjour passé en Italie que de ramener cet enfant en Russie avant que sa santé ne soit assez affermie pour en supporter le climat. J'écris aujourd'hui pour être dispensé de la loi, avec l'espérance d'être exaucé.

Mme de La Ferté-Mun est partie pour Naples, c'est une bien bonne et bien agréable connaissance que vous nous avez procurée. Pour vous dire ma pensée en peu de mots, elle sait se faire aimer. Ce

mérite, à mon avis, en vaut mille et tous les
autres ne sont rien sans celui-là.

XXXIII.

A LA MÊME.

Naples, 16 mai 1831.

. . . .

NOTRE lettre de Russie d'aujourd'hui, du
29 avril, nous donne de bonnes nouvelles de
Pologne. Quoiqu'elles soient tardives, elles valent
mieux que les mensonges de vos journaux; les
voici :

Le général Krentz a battu le général Sicrowsky
au moment où il voulait se réunir au général
Dvermsky. Il lui a fait prisonniers quatre officiers
supérieurs, cinquante-deux officiers de tous grades
et deux mille soldats, trois mille fusils abandonnés et une quantité considérable de bagages.

Une autre affaire a eu lieu entre le général russe
Ougrimoff et le général polonais Uminsky, qui a
eu trois mille hommes hors de combat et autant
de prisonniers. Le général Redingher a eu le
même succès contre Dvermsky; celui-ci a été obligé
de se retirer avec six mille hommes de cavalerie
sur le territoire autrichien, où il a été forcé de
rendre ses armes et ses chevaux qui ont été renvoyés au général Redingher.

Ses troupes ont été cantonnées en Galicie. Il

est probable qu'à l'heure qu'il est, le feld-maréchal Diebith aura donné les derniers coups ; il n'attendait que les chemins praticables.

Peut-être savez-vous tout cela, mais je n'ai rien de mieux à vous dire. Votre dernière lettre est encore là qui pèse sur moi, et qui m'ôte la faculté de vous dire quelque chose de gai et d'aimable. J'étais si sûr de vous voir arriver dans un mois ! Au lieu de cela, il faut vivre dans l'incertitude et attendre des lettres pleines peut-être encore d'incertitude.

Natalie a repris son maître Gigante et a déjà fait à moitié une aquarelle. Un soleil brillant, un ciel sans nuages éclairent la belle Parthénope et vous invitent à venir jouir de leur douce influence. L'île de Capri, toute bleue d'outremer, attend à l'horizon l'arrivée d'un certain bateau à vapeur !

XXXIV.

A LA MÊME.

Naples, 21 juin 1831.

. . . .
. . . . . Il me semble que dans les circonstances politiques actuelles vous seriez mieux ici qu'à Audour. Il est évident que la gangrène gagne votre malheureuse France ; je voudrais que vous n'y fussiez pas au moment d'une crise inévitable. Tâchez donc d'arranger vos affaires de manière à

pouvoir rester avec nous une année, ou plus, s'il est possible.

Lorsque je vois les événements de Tarascon, de Metz, de Grenoble, je crains que le mal ne parvienne jusqu'à vous. Je vous parle de ce que je désire, sans savoir si cela vous est possible, et je ne sais même si j'oserais vous donner un conseil, ou du moins vous enlever de votre retraite s'il dépendait de moi de vous y obliger; qui peut répondre des événements?

Il ne nous reste donc, chère enfant, que de prier Dieu qu'il vous inspire de bonnes résolutions. Quelle bonne vie nous ferions si vous étiez ici! Natalie s'occupe beaucoup d'aquarelle et y réussit fort bien, ce dont je suis même un peu jaloux, car je n'ai jamais pu rien faire dans ce genre. L'apathie napolitaine m'a saisi au collet; il n'y a que vous qui puissiez me remettre sur le bon chemin au moyen de votre bon exemple et de votre ingénieuse activité.

Nous passons notre temps à apprendre le participe à notre petit Arthur, qui devient fort aimable. Sa santé est tout à fait bonne maintenant. Les bains de mer achèveront de le remettre sur pied. Nous avons la permission de le garder en Italie jusqu'à son parfait rétablissement.

Vous savez qu'une nouvelle loi de notre empereur ne permet pas aux enfants de rester dans l'étranger après l'âge de dix ans, de crainte du *choléra français*. M. de Narichkin, qui avait son fils à Genève, n'a pas obtenu la même faveur que nous.

Que vous dirai-je encore, chère vicomtesse? Le

temps est superbe, le Vésuve fume et jette plus de feux que l'an passé.. . . . .

. . . . . Le prince Gagarine se dispose à partir pour la Russie avec une partie de ses enfants ; la princesse Acton restera à Rome. Nous avons ici le prince de Joinville, qui se promène en frac avec la cocarde tricolore à son chapeau rond. La reine douairière, seconde de Sardaigne, va venir à Naples avec soixante personnes de sa suite, voilà cependant des nouvelles. . . . .

XXXV.

A LA MÊME.

Naples, 16 août 1831.

DANS ma dernière lettre j'avais répondu à plusieurs articles de la vôtre du 9 juillet, avant de la recevoir ; je vous y parlais longuement des appartements à louer et autres ignobles intérêts de la vie humaine, dont je m'occupe toujours à regret, surtout lorsque je vous écris en général, et puisque me voilà sur ce sujet, je ne pense pas que beaucoup de voyageurs soient tentés de venir à Rome l'hiver prochain ; chacun, et les Anglais eux-mêmes, a des affaires chez soi. Les appartements sont donc à bon marché ; ils le seront bien davantage à Naples, si l'on continue à y craindre l'invasion du choléra, comme on le fait maintenant.

Croiriez-vous, chère vicomtesse, que votre pauvre petite innocente lettre a été coupée, décachetée, trempée dans le vinaigre, et parfumée au point de la rendre à peine lisible, et comme si la peste était à Audour. Des quarantaines sont établies aux frontières des États vers la Romagne, et l'on ne peut venir à nous avant d'avoir passé vingt et un jours à Terracine ou ailleurs, et l'on y attrape ordinairement la fièvre.

Le mal ne serait pas grand, si nous recevions exactement nos lettres. Vous pensez avec quel soin on travaille dans la maison de santé celles qui viennent de Saint-Pétersbourg ; elles nous parviennent en lambeaux et je tremble pour nos lettres de change. Un de nos compatriotes a reçu une lettre annonçant une lettre de change incluse, qui s'est trouvée exclue ; il faut deux mois pour vérifier ce quiproquo.

Le gouvernement romain est tranquille à ce sujet et n'a pris encore aucune de ces précautions prématurées : ce qui peut le disculper pleinement, c'est qu'à Pétersbourg l'assemblée de trente-trois médecins a décidé à l'unanimité que la maladie était épidémique et non contagieuse, et l'on nous assure qu'on va dissoudre tous les cordons sanitaires comme inutiles, et même dangereux. Déjà à la reprise du choléra à Moscou on n'a plus cerné les maisons ni formé de cordon.

Deux personnes de la société sont mortes, un vieux ex-ministre aveugle, et un prince Galitzin de soixante ans, sans que personne de leur famille, ni de leurs domestiques, se soient ressentis des soins

qu'ils leur ont donnés. M. de Ribeaupierre a perdu
un domestique et M. de Mortemart un chasseur
géant qui était ivrogne. Ma belle-sœur est à la
campagne avec M. de Polier, elle est fort tranquille et nous assure que personne n'est épou-
vanté : cela n'empêche pas notre chère Sophie de
vivre dans des transes continuelles ; vous connaissez son cœur et son imagination ; elle est, à la lettre,
malade de son inquiétude. . . . .

. . . . . . Le shirok a souftlé presque continuel-
lement, vous en avez éprouvé l'effet décourageant,
aussi nous n'avons presque point couru les environs, et lorsque nous avons fait quelque partie,
c'est toujours sans ma femme, ce qui me les ren-
dait insipides, car elle est parfaite dans ces occasions pour animer la société.

Nous avons visité avec Natalie et deux personnes
que vous ne connaissez pas, je crois, M. et Mme de
Kiell, la merveilleuse grotte d'azur sur la côte de
Caprée. C'est un phénomène naturel très-extraor-
dinaire. On y entre au moyen d'une très-petite
barque. L'eau, qui a soixante-cinq pieds de profondeur, y est d'un beau bleu lumineux ; tout le reste
est sombre et l'on croit avoir le ciel sous les
pieds. Je vous y conduirai, chère vicomtesse, n'est-
ce pas?

Nous avons fait une autre course au cap Misène, c'est un nid de paysages. De là, sur des ânes,
nous avons vu la piscine, les cammerelles, la rue
des Tombeaux et nous avons dîné dans le temple
de Vénus. . . . .

. . . .

Nous ne savons point ce que fait le maréchal Paskewitch. Les choses sont au point où une grande affaire doit avoir lieu, c'est une partie d'échecs bien embrouillée, mais les Russes ont l'avantage des pions. . . . .

XXXVI.

A LA MÊME.

Rome, 1831,

MA femme a déjà vu le jeune cousin; j'étais absent, demain il dînera avec nous et Mme de Menou, qui s'est trouvée à la première entrevue. Nous ferons tout ce que nous pourrons pour le captiver.

Imaginez! un cousin de Valentine, dans les veines duquel coule le même sang en bonne partie qui colore vos joues! comment ne pas le chérir d'avance? Au reste, je ne sais trop si vous l'avez bien recommandé; nous ne connaissons personne cette année, excepté nos compatriotes russes dont les unes sont sottes, les autres commères, les autres extravagantes, et que nous ne voyons qu'à notre corps défendant.

Mme de Lutzoff nourrit son nouveau-né; il faut être d'une adresse extrême pour trouver le moment où le petit héritier ne tette pas, ne crie pas ou ne . . . . . pas. Pour être admis, nous n'avons pas encore eu cet avantage; il n'y a que Mme de Menou qui ait les grandes entrées.

La mort du Pape fait que nous n'aurons pas même des concerts.

Les Torlonia reçoivent le vendredi.

L'ambassadeur d'Espagne s'est enfin décidé à *délalémantiser* sa maîtresse et à en faire une ambassadrice. Il y a eu un grand dîner le jour de la noce; depuis lors, l'heureux couple jouit en paix, et surtout en silence, de son bonheur. Ils ne reçoivent point encore; nous verrons ce carnaval, car nous en aurons un, parce qu'il est déjà décidé que le conclave sera fini à cette époque.

On regrette beaucoup le Saint-Père défunt, mais personne ne s'afflige; il n'y a point de deuil, et, par conséquent, pas même l'apparence de la tristesse. Toute la ville a couru le voir passer, c'est un spectacle, et rien de plus.

Cependant le concert d'éloges est universel. Le pauvre homme, dans ses derniers moments, nommait la France à chaque fois qu'il reprenait ses esprits : « Oh la France! la France! Elle a insulté la croix! » Ce sont ses dernières paroles; on ne doute point que les cruelles inquiétudes que lui ont données les derniers événements n'aient abrégé ses jours. M. de Blacas lui a fait des reproches de ce qu'il a reconnu votre nouveau roi; il avait sans doute de bonnes raisons pour cela; ce ne sont pas mes affaires, ni même, entre nous, celles de M. de Blacas. . . . .

Pauline prend des leçons de Gigante pour l'aquarelle; elle fera fort bien, car elle trace déjà à ravir. Nous avons été avec Mme de Menou chez votre maître, dont je ne puis apprendre le nom

par cœur. J'y ai vu de fort belles choses, quelquefois un peu trop de jaune. Il donne leçon à Mme de
Menou, la première a été de quatre heures. Il s'est
refusé longtemps à cette complaisance.

Natalie l'aurait bien préféré à celui qu'elle a pris
sans le connaître, M. Abelle, qui ne sait pas grand'-
chose, quoiqu'il ait peint le panorama de Saint-
Pierre que vous aurez vu à Paris. Elle fait l'aquarelle à contre-cœur. Comme elle avait fait des
progrès à Naples, nous l'avons forcée de continuer, mais elle a repris la palette, pour laquelle
elle se sent plus de penchant et de facilité. Je crois
en effet que l'huile est plus facile, et dans les
meilleures aquarelles il y a toujours quelque chose
de maniéré et de convention, et d'autres choses
qu'il n'est pas possible de rendre.

Je parle avec vous comme si je vous parlais en
réalité, en vous narrant des choses qui ne valent
pas la peine d'être écrites.

Que vous dirais-je, chère vicomtesse? que nous
vous aimons et regrettons? ce serait trop trivial,
trop répété, cela vous ennuierait à la longue. Pourquoi nous parlez-vous si peu de M. de Marcellus?
Comment passe-t-il son temps? fait-il des planta-
tions, des bâtisses? car on peut bâtir *et planter à
son âge.*

Dans un temps où je croyais pouvoir faire des
vers, j'avais adressé à mon frère, oisif à Venise,
une ode dont les deux strophes suivantes peuvent
convenir à votre mari :

Je sais ce qu'il en coûte à ceux que leur génie
Destine aux grands travaux,

De voir couler leurs jours, perdus pour la patrie,
   Dans un obscur repos.
Je sais qu'au mont sacré du temple de Mémoire,
   Il est doux de viser,
Et qu'il t'est plus aisé de mériter la gloire
   Que de la mépriser ;
Mais celui dont le cœur est maître de lui-même
   Maîtrise le destin, etc.

Mon bon frère me répondit que ni lui ni mon ode n'entreraient jamais dans le temple de Mémoire, en me conseillant, si j'étais décidé à perdre mon temps, de faire des paysages et non des vers.

Cette décision était trop sévère, quant à lui, mais je m'y suis conformé docilement et j'ai déjà placé un petit paysage dans un cabinet qui vaut cent fois mieux que le temple en question, en attendant le clair de lune qui doit lui faire pendant.

Il faut cependant finir. Sophie et Natalie vous embrassent ; elles veulent toujours vous écrire, quoiqu'elles le fassent rarement. Elles attendent ordinairement le jour du départ du courrier, et ce jour-là, il arrive des événements extraordinaires dont on ne se souvient pas le soir, mais qui font que la poste est partie sans lettres.

Vous savez que M. de Ribeaupierre a son congé et nous arrive en Italie. Madame a fait un tableau de genre délicieux.

Adieu, chère vicomtesse, je suis à vos pieds.

XXXVII.

Communiquée par M. le colonel Hüber-Saladin.

A MONSIEUR HÜBER-SALADIN.

Rome, décembre 1831.

J'AI reçu hier, 4 du courant, votre lettre du 16 juillet, qui m'est revenue de Naples ainsi que les charmants dessins que vous envoyez à Mlle Ivanoff. Les dates vous prouveront que si ma réponse a tardé, il n'y a pas de ma faute. J'ai de même reçu dans le temps le petit écrit sur l'Italie. Mes idées à ce sujet sont, vous le savez bien, diamétralement opposées aux vôtres, et il serait bien difficile de nous entendre, même si, au lieu d'en traiter par écrit, nous avions une conversation suivie. . . . .

. . . . Ces grands mots d'émancipation de l'espèce humaine n'ont à mon avis aucun sens ; existe-t-il de nation plus émancipée que la française depuis plus de quarante ans ? Qu'a-t-elle gagné jusqu'ici ? S'émanciper, c'est donc trahir vingt serments, mentir pendant quinze ans, et s'en vanter, ruiner tout commerce, abattre les signes de la religion, etc., etc. Il faut avoir une grande philanthropie pour les générations futures, et une foi bien vive de leur bonheur à venir, pour prendre intérêt à un semblable ordre de choses. Je n'accuse point la liberté de tous ces maux, comme vous le croyez, mais j'aime la liberté toute faite, parce qu'elle vient de Dieu, et je déteste cordialement la liberté que les hommes veulent faire, parce qu'ils n'en ont ni le droit ni les moyens. Le malheur peut donner le droit, mais la vertu seule peut donner les moyens ; ces deux conditions manquent dans les révolutions modernes.

Qu'est-ce que la vérité ? demandait Pilate, et moi, je vous demanderai qu'est-ce que la liberté ? Je crois qu'elle n'est autre chose qu'un bon gouvernement, quel que soit le nom qu'on lui donne. Vous me demandez : *Qu'est-ce qu'un bon gouvernement ?* et je vous répondrai qu'il consiste dans une réunion d'honnêtes gens, soit qu'ils aient un roi à leur tête, ou qu'ils se gouvernent eux-mêmes. Si vos bons ancêtres avaient été corrompus au point où nous le sommes maintenant, vous ne jouiriez pas du bonheur dont vous vous vantez aujourd'hui. Quant à ce que vous me dites du *mouvement des esprits* qui ne peut être rétrograde, je suis parfaitement de votre avis, je crois seulement que ces mots : *mouvement des esprits, force des choses, impulsion générale,* sont des sobriquets que les philosophes modernes ont donnés à la Providence, qui conduit tout à ses fins par des voies impénétrables ; aussi je ne porte aucune haine aux hommes égoïstes et sans foi qui, par orgueil et pour un intérêt personnel, bouleversent le monde ; ce sont des outils de la Provi-

dence, mais je les plains, et pour rien au monde
je ne voudrais être un de ces instruments. Cette
providence ne peut pas vouloir le désordre final,
elle y mettra ordre sans doute et d'une manière
que personne ne peut prévoir. Lorsqu'il me vient
en idée quelque système d'amélioration ou de
réforme politique, je crois entendre le bon La Fontaine qui me dit à l'oreille :

C'est dommage, Garo, que tu n'es point entré
Au conseil de Celui que prêche ton curé.

Et je n'attends pas qu'un gland me tombe sur
le nez pour louer Dieu de toutes choses. Ces idées
vous paraîtront quelque peu surannées, mais
vous y reviendrez peut-être un jour.

Parlons maintenant des belles gouaches que vous
envoyez à Natalie ; elle vous en remercie beaucoup et a été charmée de voir que vous n'aviez
pas oublié votre promesse. J'ai cru reconnaître
dans un des tableaux une vache dont j'ai vu le
dessin sur papier gris dans l'atelier de monsieur
votre père à Cour, il y a bientôt quarante ans.
Nous les garderons pour les faire encadrer en
Russie, car ils sont trop grands pour être placés
dans un album.

Je dois sans doute à l'amitié de M. Deodat
l'insertion de mon mémoire sur les couleurs ; j'ai
vu avec chagrin que le prote a omis une ligne
entière dans la 2me page, ce qui me fait avancer
un fait qui n'existe pas ; en revanche, on a corrigé
une faute de français : la nacre au lieu du nacre
que j'avais écrit, ainsi il y a compensation.

Je suis reconnaissant de tout ce que vous voulez bien me dire de flatteur dans votre lettre ; j'accepte le tout comme une marque d'amitié de votre part, et non autrement ; j'espère que vous recevrez de même ce que je viens de vous écrire ; si vous sentiez quelque disposition à en être fâché, contentez-vous de croire que ces réflexions viennent d'un vieillard retardataire, qui n'est pas à la hauteur des lumières du siècle, mais que cela ne nuise pas aux bons rapports qui existent entre nous et que j'ai le plus vif désir de pouvoir conserver.

M. et Mme Eynard m'avaient promis de m'envoyer l'ouvrage de M. Deodati sur le Christianisme, mais ils ont été en voyage. Jusqu'ici, vous avez pris de si bonnes mesures pour me faire parvenir vos dessins, qu'ils me sont arrivés comme des nues sans que je sache par qui, ni comment. Si vous pouviez m'envoyer le livre en question par la même voie, vous me rendriez un vrai service et je vous en serais très-reconnaissant. Je vous prie de remercier l'excellent M. de Wansberg de son aimable souvenir, de ma part et de celle de mes deux dames, et de le féliciter sur la naissance de son petit-fils : *Generatio rectorum benedicetur.*

J'ai appris avec une grande satisfaction le rétablissement de la santé de M. Wernet, et je désire vivement que le temps agisse avec toute son énergie naturelle sur la douleur de Mme de Staël, sans produire aucun changement sur son angélique visage. Le pouvoir de consoler est la seule bonne qualité du temps. Veuillez, lorsque vous en aurez l'occasion, me mettre aux pieds de ces dames et croyez aux sentiments les plus vrais,

De votre tout dévoué.

XXXVIII.

AU MÊME.

Rome, 8 mars 1832.

J'AI tardé à vous répondre pour une raison que je ferais peut-être mieux de ne pas vous donner, car les plaisirs et les tracas d'un carnaval excuseraient mal le retard que j'ai mis à répondre à votre aimable lettre, dans laquelle vous m'annoncez l'excellent ouvrage de M. Deodati et une nouvelle production de votre plume. Je recevrai le tout avec beaucoup de plaisir et de reconnaissance.

Nos plaisirs de Rome ont encore fini brusquement, comme l'an passé, par la prise d'Ancône. Tous les ministres étrangers ont contremandé les fêtes pour lesquelles ils avaient déjà fait les invitations. Celui de France, qui tenait bon, a contremandé son bal la veille même du jour fixé, prévoyant qu'il y aurait été seul avec sa famille. Comment cela finira-t-il? Dans tous les événements qui se sont passés sous mes yeux depuis quarante ans, j'ai souvent cherché dans l'avenir ce qui me semblait le plus probable; ensuite j'imaginais le contraire, croyant deviner l'un ou l'autre, mais il est toujours arrivé un troisième résultat auquel je n'aurais jamais pu songer; il vaut donc mieux ne pas s'embarrasser de l'avenir et l'attendre patiemment; c'est le parti que je prends aussi pour tout ce que vous me dites dans votre lettre; malheureusement je ne verrai jamais le dénoûment du drame, ou plutôt de la farce, qu'on joue actuellement en France et qu'on s'apprête à répéter et à traduire dans le reste de l'Europe, et je pense même que vous-même, tout jeune que vous êtes, vous ne vivrez pas assez longtemps pour en être le témoin. Si l'on peut prévoir quelque chose en général, c'est qu'il ne peut résulter rien de bon de l'immoralité et de l'irréligion, c'est que le gouvernement représentatif est impossible sans liberté de la presse, et qu'aucun gouvernement ne peut exister avec cette liberté dans une nation corrompue, enfin qu'une catastrophe sanglante est inévitable, à la suite de laquelle une main de fer, comme celle de Napoléon, peut seule rétablir un ordre quelconque momentané pour recommencer ensuite de plus belle. Voilà mon opinion, à laquelle, comme je vous l'ai dit, je ne tiens pas davantage qu'à celle qui lui sera contraire, mais j'espère en Dieu qui peut tout arranger et qui seul le peut.

En voilà assez de politique, dont je m'occupe bien peu. Je veux maintenant vous parler de la perte que vous venez de faire dans la personne de votre excellent oncle. Depuis longtemps il ne voyait plus les objets matériels, et son intelligence éclairée et supérieure, en passant dans un autre ordre de choses, n'a fait que continuer dans l'éternité une vie mortelle et sans tache. J'ai quelque regret que vous ayez occupé ses derniers jours en lui lisant les rapsodies que je vous avais écrites et que je ne vous aurais peut-être pas mandées si j'avais pu prévoir qu'il les lirait.

: Veuillez, je vous prie, dire mille choses aimables à M. Deodati et le remercier d'avance pour son livre que je recevrai, avec grand plaisir ; rappelez-moi aussi au souvenir des personnes de la colonie genevoise de la place d'Espagne, qui sont encore près de vous ; je crois que M. et Mme Eynard sont à Paris.

XXXIX.

AU MÊME.

Naples, 23 mai 1833.

JE pense, Monsieur, qu'à l'heure qu'il est vous êtes à Paris, et je m'empresse de vous remercier pour l'aimable envoi que vous m'avez fait de votre *Écharpe*. J'ai lu avec le plus grand plaisir ce joli opuscule ; vous vous étiez proposé une difficulté à vaincre en évitant les catastrophes ordinaires de tous les romans du jour, et je trouve que vous y avez parfaitement réussi ; mais la simplicité et le sentiment ne sont pas de mise aujourd'hui. *L'Écharpe*, je vous en avertis, aura moins de lecteurs que *les Tours de Notre-Dame* de

V. Hugo, mais ils seront d'une meilleure espèce, et cela doit vous suffire.

Votre petit livre, dont le style est clair et élégant, est entre les mains de Mlle Ivanoff, qui le traduit en allemand avec son maître; votre gloire n'y gagnera pas beaucoup, mais c'est toujours un suffrage de plus. D'après la facilité que vous avez d'écrire d'aussi jolies choses, il me semble que vous pourriez choisir un sujet plus étendu et y mettre le temps nécessaire, je crois ne rien hasarder en vous promettant des succès.

Mlle Silvestre, qui a passé quelque temps à Naples, m'a communiqué votre brochure sur la tolérance, que, par parenthèse, vous m'aviez annoncée et que vous ne m'avez jamais envoyée. Je l'ai lue avec beaucoup d'intérêt, quoique nous différions un peu dans nos idées à ce sujet. La tolérance religieuse absolue peut être bonne dans l'état actuel des idées à Genève. Dans un pays où il y a tant d'opinions différentes qu'il est impossible de concilier, le mieux est sans doute de les tolérer toutes, présentes, passées et à venir, mais ce système n'ouvre-t-il pas la barrière à tous les écarts de l'esprit humain? Cette tolérance absolue n'est autre chose que l'agonie de la religion. Vos idées sur la part à prendre dans les affaires politiques me conviennent davantage : heureux celui qui, comme nous, est simple spectateur! Je cherche vainement parmi les acteurs de tous les partis celui à la place duquel je voudrais être, à commencer par Charles X jusqu'à M. de La Fayette, en passant par le juste-milieu.

Lorsqu'on se trouve placé dans la bagarre par les circonstances, on a bien de la peine à mettre d'accord sa conscience avec les événements imprévus, à mener de front l'amour qu'on a pour son pays au milieu de l'égoïsme de ceux qui le gouvernent. Veut-on s'attacher à des souvenirs, à ce que le cœur et la raison vous montrent comme légitime? Voilà la duchesse de Berry qui vous donne un coup de massue sur la tête. Contentons-nous donc, Monsieur, du sort favorable qui nous a placés en dehors du tourbillon.

Je me félicite chaque jour d'en être encore plus éloigné que vous. Si l'on m'objecte que je suis sous le joug, je répondrai qu'il est léger et qu'il me laisse la liberté de saisir en passant l'herbe et les fleurs qui sont sur le bord du chemin, avantage que n'ont pas pour le moment les rédacteurs libres de plusieurs journaux.

Je savais que vous avez habité le même appartement que j'occupe; la belle terrasse est déjà garnie de fleurs, c'est pendant le printemps et l'automne notre salon ordinaire. Je l'ai déjà arrêté pour l'hiver prochain, et j'ai pris une maison de campagne pour l'été à Castellamare. Plus on vit à Naples et plus on s'affectionne à ce délicieux pays; le climat et les habitants, la terre et le ciel, semblent avoir fait un pacte pour en rendre le séjour enchanteur.

J'ai écrit à M. Deodati pour avoir le dernier ouvrage de M. Topffer. La description que vous me faites de ce charmant écrivain m'a semblé tirée de Walter Scott, qui se plaît souvent à placer dans une écorce trompeuse l'esprit et l'originalité. Adieu, Monsieur, conservez-vous, jouissez des ressources variées que vous trouverez dans Paris et surtout en vous-même, et croyez à mes sentiments les plus dévoués.

XL.

A MADAME LA VICOMTESSE DE MARCELLUS.

Naples, mai 1833.

JE vous écris de ma propre main qui a failli devenir immobile; heureusement mon cœur dans lequel vous étiez bien établie, n'a pas permis cela. J'ai souvent pensé pendant ma maladie aux inquiétudes que vous deviez éprouver dans votre bateau, et lorsque j'ai pu commencer à manger et à boire un peu de votre bon vin de Bordeaux, je n'ai pas manqué de vous en faire une libation. Ainsi, chère bonne amie, si Dieu le permet, nous nous reverrons encore et vous me payerez tous les arrérages d'amitié que ma maladie et votre départ avaient accumulés. Combien j'ai été touché, chère enfant, lorsqu'on m'a dit que vous vouliez retarder votre départ!

Adieu, embrassez M. de Marcellus.

Au revoir!

XLI.

A LA MÊME.

Naples, 11 juin 1833.

Vous vous attendez sûrement en voyant la date de ma lettre qu'elle est écrite à Castellamare, mais, hélas ! il n'en est rien, nous sommes encore à Naples, à notre corps défendant, car il faut que vous sachiez, chère bonne Valentine, que Natalie a eu la fièvre; elle a payé son tribut après ses vieux parents, mais il a été plus faible; un joli petit refroidissement avec des maux de tête et de la fièvre, insensible le matin et qui augmentait le soir. Il faut maintenant attendre quelques jours pour laisser revenir les forces; la voilà sur pieds jusqu'au premier bal où elle se placera auprès d'une fenêtre ouverte, après avoir dansé la galoppe. C'est ainsi qu'elle a attrapé sa maudite fièvre qui nous a tous déconcertés au moment de partir pour la campagne. Pour combler la mesure des contre-temps, l'utile Basile est aussi tombé malade. Vous savez qu'il est le bras droit de ma femme, tout le ménage roule sur lui.

J'avais déjà emballé mes couleurs et mes toiles et mes livres, je suis comme l'oiseau sur la branche; heureusement M. Roular a été traitable, nous laisse jour par jour notre appartement, mais nous payons ainsi deux loyers à la fois, c'est comme de la rhubarbe sur les macarons.

J'espère que ma dernière lettre adressée à Matour vous aura suivie à Paris.

J'avais totalement oublié votre itinéraire, ou plutôt je ne l'avais jamais su. Natalie me dit qu'on a parlé vingt fois devant moi de votre court séjour à Audour, de l'époque de votre départ pour Paris, mais ces moments de conversation qui pourraient m'intéresser sont tellement noyés dans les discussions de toilette et les comptes de ménage, comme des éclairs brillants dans une nuit d'orage, que le plus souvent je n'entends rien, par la bonne raison que je n'écoute pas. Au reste cette critique amère pourrait bien retomber sur moi, et sur le compte de mes distractions souvent incommodes pour mes amis; j'en conviens volontiers et je ne me les pardonnerais pas, si je n'avais pas des exemples respectables à alléguer.

J'estime et j'aime en effet des personnes d'un esprit supérieur, d'un excellent caractère, qui n'écoutent pas toujours quand on leur parle et qui ne répondent que quand cela leur convient. Une de ces personnes est la plus jolie et la plus aimable des femmes que j'aie jamais vues, devinez? Si je ne connaissais pas votre modestie, vous pourriez croire que j'ai parlé de vous, chère Valentine! Je fais de mauvaises plaisanteries pour cacher mon humeur. J'en ai beaucoup, premièrement parce que je suis encore à Naples, secondement parce que vous n'y êtes pas, troisièmement parce que je crains que vous n'y retourniez pas;

cette vilaine idée me revient si souvent, qu'elle prend la tournure d'un pressentiment. . . . . .

. . . .

Lebzeltern a donné un bal superbe, le prince Corsine un autre dans la maison de lord Hart-fort. La terrasse était couverte d'une tente bleue et blanche, ce qui dégageait l'appartement ; c'est là où l'on a soupé. La famille royale et le grand-duc de Toscane ont assisté à l'un et à l'autre, mais le roi n'a pas jugé à propos de rendre la politesse. L'heureux couple est reparti avant-hier. Le grand-duc en passant sous nos fenêtres vit de la paille dans la rue, qu'on y a placée pour Mme Vilain XIV qui a fait une fille, et demanda qui était malade ; on lui dit que c'était moi ! ma femme le désabusa le soir chez Lebzeltern, et il me fit dire par elle qu'il voulait me voir. J'ai donc été lui faire ma cour le jour du Corps de Dieu. Il me dit :

« Je suis bien aise de vous voir, cela me rappelle Pise *et un temps heureux.* »

On dit qu'il regrette la défunte duchesse, mais il est très-heureux que la raison d'État l'ait forcé de s'appliquer la consolation d'une jeune et jolie femme ; c'est le remède par excellence dans une semblable circonstance.

Une circonstance bizarre a eu lieu dans une excursion que le grand-duc a faite à Pompeï. Il voulut saper lui-même dans une fouille qu'on faisait pour lui et bientôt on découvrit un squelette, puis un autre, puis un troisième ; un des trois était droit, les autres couchés. Le premier avait un anneau d'or au doigt, un ministre le prit et l'offrit au grand-duc qui le mit à son doigt et le porta jusqu'à son départ de Pompéi; il le rendit alors.

Les gens superstitieux ont trouvé singulier que, venant à Naples pour recevoir l'anneau conjugal, un squelette en prît l'initiative. . . . .

. . . .

. . . .

Il y a eu ici une conspiration dont on ne connaît pas les détails; un bas-officier appelé Rozarolo avec un de ses camarades voulaient tuer le roi, lorsqu'il va seul à Cazerte. Ayant été découverts par un complice, les deux conjurés se sont tués, mais l'un s'est manqué et vit encore. On a arrêté les frères de Rozarolo, on ne sait rien de plus.

M. Langiani me charge de le rappeler à votre souvenir, et vous prie de lui apporter le *Voyage autour de ma chambre*. . . . .

XLII

A LA MÊME.

28 juillet 1833.

. . . .

. . . .

. . . . . Le duc Saint-Théodore a reçu des nouvelles de Palerme. Si le comte de La Ferronnays vous écrit, il connaît tous les détails de

cette lettre dont la substance est que la duchesse
de Berry est arrivée en bonne santé à Palerme;
elle est beaucoup mieux portante qu'on ne l'avait
vue à son dernier passage à Naples, ce qui dé-
ment toutes les plaintes de *la Gazette*. On lui avait
préparé un logement au château, elle a préféré le
casino Butera qu'elle loue à raison de 300 ducats
par mois. Le duc de Monteleone l'a été visiter à
bord de la frégate avec un officier de santé pour
toute escorte; elle a désiré coucher à bord; le lendemain le général Bugeaud l'a remise au duc de
Monteleone, dont il a repris un reçu, et s'est aussitôt embarqué sur un brick français pour retourner en France.

Le comte Luchesi s'était rendu sur le vaisseau
à l'arrivée de Madame; ils partirent ensemble dans
la même voiture pour le casino Butera, elle y
distribua les appartements et choisit une chambre
à coucher dans laquelle elle ordonna que l'on fît
monter un petit lit.

J'oubliais de vous dire que *la nouveau née* était
du voyage et qu'elle se porte bien.

M. de La Ferronnays a écrit à Madame pour lui
dire que la discrétion seule l'empêchait d'aller lui
faire sa cour, mais que si elle avait quelque communication à faire à Prague, et si elle manquait
de quelqu'un pour cet objet, il était à ses ordres,
etc, etc., etc. . . . .

Après ces nouvelles, je vous en donnerai une
moins importante, c'est qu'il m'est survenu une
série de clous sous le bras gauche qui m'ont fait
souffrir et qui ne sont pas encore terminés; c'est

un reste de ma maladie. M. de Mun prétend que c'est fort heureux, et que c'est une marque de santé, et que cela n'arrive qu'aux jeunes gens, ce dont il me félicite, mais ma femme dit que cela ne signifie rien.

Castellamare est toujours sublime, même malgré le mauvais temps ; une tempête de trois jours a fait de grands dégâts ici, les bains ont presque tous été emportés et cinq personnes ont péri. A Naples une trombe s'est montrée à la pointe de Pausilipe, elle a passé devant la villa Reale et sur le château de l'Œuf, où elle a jeté une sentinelle dans la mer ; de là elle a renversé de fond en comble les bains de la Marinella, balayé dans la mer tous les hommes qui se trouvaient sur le pont d'une goëlette royale ; on les a sauvés, mais on compte seize morts en différents lieux, victimes de ce phénomène. Je n'avais encore jamais vu de nuages semblables à ceux qui se sont promenés dans le ciel, ou pour mieux dire sur la terre, car le Vésuve ne se voyait plus ; c'était superbe, et si cela ne faisait du mal à personne, je serais charmé d'en voir une seconde représentation. . . . .

XLIII.

A LA MÊME.

2 août 1833.

. . . . . . Nous sommes dans le monde jusqu'aux oreilles et à faire pitié.

Les Mun sont fort aimables et prévenants.

J'aime beaucoup Mme de Biron, qui a de l'esprit et de la simplicité.

Nous avons aussi été présentés chez la grande-duchesse Stéphanie. C'est *le Lépreux* qui me l'a rendue favorable ; elle rencontra ma femme chez Lebzeltern, lorsque je ne sortais pas encore, et lui demanda la permission d'être amoureuse de moi ; je vois d'ici votre jalousie.

. . . . Vous seriez jalouse comme je le suis des ouvrages de Mlle de Mun, surtout de son activité. Chaque jour voit paraître un nouveau paysage pris dans les environs, elle en a déjà une vingtaine, elle est inimitable comme Turenne. Pour moi je n'ai encore fait qu'un seul paysage, mais j'en ai deux autres en train. Je veux que vous m'approuviez à votre retour. J'ai vernissé vos tableaux chez M. de La Ferronnays ; ils vous feront plaisir, lorsque vous les verrez dans leurs superbes cadres.

Le clair de lune fait un effet merveilleux; vous savez que le dépositaire se l'est approprié. J'en aurais fait autant à sa place, et ce larcin peut se défendre devant tous les jurys ; comme cet homme qui avait volé un crucifix d'argent et qui disait pour sa défense qu'il l'avait volé par dévotion! Bonne chère Valentine, savez-vous que le temps passe, nous voilà au 2 d'août, le mois de novembre s'approche peu à peu, et me fait battre le cœur ; que sera-ce, quand je verrai fumer le bateau à vapeur qui vous amènera et qui paraîtra à la pointe de Pausilipe? Je me ferai attacher comme Ulysse, pour ne pas me jeter dans la mer. N'êtes-vous pas une véritable Sirène, avec la différence, toute en votre faveur, que vous vous contentez d'embrasser vos amis au lieu de les manger, après les avoir séduits et attirés, preuve évidente des progrès de la civilisation depuis le siége de Troie. Si j'avais plus de papier, je vous écrirais bien d'autres folies, contentez-vous de celle ci pour cette fois.

XLIV.

A LA MÊME.

Naples, 6 septembre 1833.

. . . .

. . . . . . Nous avons de bonnes nouvelles du choléra de Pétersbourg ; la maladie s'évanouit rapidement, personne parmi nos amis ou connaissances intimes n'en a été victime.

L'empereur et la noblesse se sont conduits admirablement, personne n'a quitté la ville comme on l'a dit dans vos journaux

L'empereur vient tous les jours de Czarkoe-Selo où il s'est établi pour les couches de l'impératrice ; il parcourt la ville à cheval et reçoit la relation des inspecteurs de chaque hôpital, puis il va dans l'île d'Yélaguin, où il a un palais, et reçoit ses ministres et ses généraux et revient le soir à Czarkoe-Selo.

Il y a un hôpital dans chaque quartier à la tête duquel est un personnage distingué. Tous les jeunes gens des premières familles se sont fait inscrire comme adjoints au directeur. Le jeune Demidoff, qui a deux millions de roubles de rente, est adjoint à l'hôpital qu'il a établi à ses frais. Aucun médecin, ni directeur, ni adjoint, n'a pris la maladie ; on est persuadé à Pétersbourg que la maladie n'est pas contagieuse.

Le 10 juillet, époque du plus haut période de la maladie, il y a eu 579 nouveaux malades, 237 morts et seulement 48 guérisons, et le 29 juillet, il y a eu 84 nouveaux malades, 133 guéris et 39 morts : ceci est « officiel ». J'espère que le fléau ne parviendra pas jusqu'à nous.

L'impératrice est accouchée heureusement d'un prince appelé Nicolas. Cette bonne race ne périra pas.

Je ne vous dis rien de nos projets, que vous connaissez et qui n'ont point changé.

Nous serons à Rome pour le 1er ou le 2 de novembre, quoiqu'on n'y soit pas sans quelques petites inquiétudes politiques. Mais si les affaires de Pologne se terminent ou sont terminées, comme il est probable, cela peut tranquilliser beaucoup de monde. Vous savez que les cinq principaux jacobins polonais ont quitté la partie et se sont rendus avec cinq cents de leurs partisans à Cracovie.

On traite maintenant pour épargner le sang, et l'absence de ces enragés peut amener un bon résultat. . . . .

XLV.

A LA MÊME.

Naples, 24 septembre 1833.

. . . . . Il y a eu à Ischia une cure miraculeuse. Une jeune fille de vingt ans, perclue de la ceinture aux pieds depuis quatre ans, avait fini ses bains sans la moindre amélioration, et devait partir le même jour que ma femme; la veille, son vieux père et toute sa famille ont été à la messe avec elle et ont communié; la jeune fille s'est endormie pendant les litanies de la Vierge qu'on a chantées après la messe et s'est réveillée tout à coup avec des mouvements convulsifs; elle a demandé de l'eau, s'est plainte de vives douleurs, puis s'est mise à marcher et s'est jetée à genoux aux pieds de la Madone. Les parents sont dans la joie, ils ont donné tout ce qu'ils avaient d'argent aux pauvres. Les uns disent que c'est l'effet des eaux, les autres que c'est un miracle. Je crois que c'est toujours un miracle quand on guérit d'une maladie, et que c'en est un de n'être pas perclus.

Adieu, chère bonne Valentineka, je suis à vos pieds.

XLVI.

A LA MÊME.

Castellamare, 14 octobre 1833.

. . . .

Ce n'est pas sans un joli battement de cœur que je vois arriver la fin de ce mois et le moment d'embrasser de bons et vrais amis si rares dans ce monde. Natalie, qui calcule les heures et les minutes, a trouvé que vous arriverez à Naples le même jour que nous, c'est-à-dire le 26, et j'ai bonne espérance qu'elle ne se trompe pas.

Notre appartement ne sera libre des Anglais qui l'obstruent que le 20, il faudra bien cinq jours complets pour le faire arranger, ainsi je ne vois pas de possibilité de déménager plus tôt.

En revenant de Castellamare, nous chercherons des yeux le bateau à vapeur qui doit vous amener, toutes les fois que la mer sera visible du chemin, et peut-être serez-vous déjà arrivée pour nous recevoir. Tout cela peut fort bien être un peu contrarié ou retardé, mais il est si doux d'espérer et les châteaux en Espagne, lorsqu'ils sont probables, et même possibles, sont permis et forment la plus belle partie de la vie. Or, quand je pense que vous serez là en personne, avec cette même face qu'on aime tant, et que je verrai l'aimable, l'aimante Valentine, avec les deux yeux de ma tête et que cela aura lieu à Naples, le 26 octobre, et que je vous écris aujourd'hui, le 14 du même bienheureux mois, n'y a-t-il pas là de quoi faire battre mon cœur?

Vous vous attendez à voir des travaux sans nombre, des paysages sans fin, hélas! il n'en sera rien; j'ai très-peu travaillé pendant l'été et maintenant je pleure ma paresse. Je n'ai fait que trois ou quatre petits tableaux pendant les deux derniers mois; c'est que l'automne est inspiratrice; cette belle saison me ranime, mon imagination se réveille, et je suis comme un vieillard ivre qui se croit jeune. S'il prenait fantaisie au mois d'octobre de durer toute l'année, on parlerait de moi dans le monde. . . . .
. . . .

J'ai vraiment joui du beau spectacle de la contrée qui est devant nos fenêtres pendant les divers changements que le soleil y apporte, en se rapprochant de l'équinoxe; ce sont autant de tableaux différents qui varient avec la lumière. Si nous passons encore l'été ici l'année prochaine, j'ai le projet de préparer plusieurs ébauches de vues que j'ai tracées, afin de pouvoir peindre des ciels d'après nature; j'aurai toujours ma palette pré-

parée; je suis tellement absorbé dans l'huile que j'en aperçois une tache sous ma plume. . . . .
. . . .
. . . .

XLVII.

A LA MÊME.

Le 30 mai 1834.

ENFIN nous avons de vos nouvelles depuis que vous êtes tranquille sur le sort de vos amis; chère enfant, mon cœur me disait tout ce que vous avez dû souffrir pendant cet intervalle d'incertitude, et Mme Mac-Arty, qui a fait le voyage avec vous sur le bateau à vapeur, nous a touchés aux larmes en nous racontant mille détails sur le triste passage et les angoisses que vous faisait souffrir votre précieuse amitié pendant que je combattais contre une maladie cruelle; heureusement la volonté de Dieu a permis que je sortisse victorieux du combat.

Je vous ai déjà écrit quelques lignes au commencement de ma convalescence, maintenant j'ai à peu près repris ma santé, à part un peu de faiblesse dans les jambes qui, j'espère, se dissipera à Castellamare; nous comptons y aller mardi prochain, après le bal de Lebzettern qui doit avoir lieu lundi 3 juin; vous comprendrez, d'après ce que je vous marque de la faiblesse de mes jambes, que ce n'est pas pour moi que notre départ pour la campagne est retardé ; nous voulions partir le 1er juin, mais, outre le bal qui se donne au grand-duc de Toscane, une autre raison nous retient. Le pauvre Basile, qui est le bras droit de Sophie, est malade et nous ne pouvons rien faire sans lui.

J'ai seulement su en revenant au monde combien j'ai été près de passer dans l'autre. Je ne m'en suis nullement douté. Le jour où j'étais le plus mal, ma pauvre femme demanda à Langiani s'il ne serait pas nécessaire de faire demander mon confesseur. Elle était bien décidée à me faire elle-même la proposition, s'il le fallait absolument. Le docteur lui répondit que si la saignée qu'on allait faire ne faisait pas tomber la fièvre dans la journée, il faudrait appeler le prêtre. Jugez de ce que votre amie a dû souffrir dans cette attente. Le soir, la fièvre était de beaucoup diminuée, et l'on fit une seconde saignée qui décida de mon sort. Voilà ce que l'on m'a raconté, car je n'ai pas eu un moment d'inquiétude, me croyant guéri parce que le mal de gorge était passé. Cela m'a fait faire de sérieuses réflexions.

Je me suis toujours moqué de ces gens qui attendent le dernier moment pour remplir leurs devoirs religieux, et j'ai été huit jours en danger sans y penser ! Il faut croire que la fièvre est du département du Diable, et qu'elle détruit les bonnes pensées, — c'est une bonne leçon pour l'avenir.

En attendant, je jouis du plaisir de me trouver au milieu de mes amis et de pouvoir lire encore les lettres de ceux qui sont absents.

. Si vous saviez, bonne Valentine, le plaisir que
j'ai eu, lorsque j'ai pu m'approcher de la fenêtre
du salon, et que j'ai revu la villa Reale et le golfe
paisible de Naples par le plus beau temps du
monde, et Capri, et le Vésuve! Tous les arbres
écimés avaient repris une *toque* de la plus belle
verdure; la rue contenait deux files de voitures,
dans lesquelles les élégantes Napolitaines promènent leurs loisirs; le trottoir était peuplé de nombreuses cavalcades, tout était vie et mouvement
sous mes yeux.

Naples, Naples! pays favorisé du ciel! il faudra cependant te quitter un jour, mais en attendant, revenez bien vite pour que je puisse en
jouir avec tout ce qui peut l'embellir encore.

Le charme d'une amitié si éprouvée et si sincère,
le sentiment que j'éprouve en pensant à vous et
en vous écrivant me fait voir que je suis parfaitement guéri et je crois même rajeuni, et me prouve
aussi que mon cœur s'est plus vite rétabli que
mes jambes. . . . .

XLVIII.

A LA MÊME.

Naples 1834.

NATALIE vous écrit tant de choses que je
n'ai plus rien à vous dire de Castellamare.
En lisant la lettre j'ai appris moi-même beaucoup

de particularités que j'ignorais, car l'organe de
l'observation est très-obtus chez moi. J'ai cependant observé en gros que les dames s'ennuient ic.
et bâillent à s'avaler la langue. Il nous est revenu
aussi que Mme de Courval, pour exprimer énergiquement combien elle s'était ennuyée à certaine
soirée, disait :

« Imaginez que nous étions une douzaine de
femmes, et en hommes nous n'avions pour toute
ressource que M. de L., M. de L. F. et M. de
Maistre, encore les deux derniers jouaient aux
échecs!!! Vous figurez-vous une semblable détresse ! » Pour mon compte je ne m'ennuie jamais,
et vous verrez par la lettre de Natalie que j'obtiens d'assez remarquables succès.

Personne n'a pu comprendre pourquoi une belle
dame a dit que je lui fais l'effet d'une prière, mais
je puis vous l'expliquer. Comme elle sait que je
l'adore, elle a sans doute cru voir dans mes
regards passionnés une prière que je ne lui ai
pas encore faite verbalement : voilà le nœud de
l'énigme.

Si j'en viens là, je ne manquerai pas de vous
faire part du résultat.

La folle Natalie s'est amusée a faire un petit
mannequin en papier tenant une fleur à la main, et
dans un moment où la conversation languissait,
elle l'a apporté à D. ; on en a beaucoup ri. Mais
le lendemain, dans une partie que nous avons faite
au clair de la lune à Pompéi, D. ayant fait une
promenade avec le jeune Paget, très-beau et très-grand jeune homme, Mme de C., que cela n'arran-

geai pas, dit avec humeur : « Mme D. n'a plus besoin de l'homme de papier de Mlle N.; elle en a trouvé un d'une belle taille. »

Ne voilà-t-il pas que je vous fais des commérages ! cela peut avoir quelque prix à Audour après que vous avez fait la récolte de mourons pour vos oiseaux. . . . .

J'attends avec empressement la nouvelle de l'arrivée définitive de vos tableaux. Je suis sûr qu'ils seront en bon état, car ils ont été soigneusement emballés et je me vois avec plaisir accroché à un clou dans votre cabinet.

Adieu, mille tendresses à votre agriculteur. J'envie son occupation, mais je n'ai jamais eu un pouce carré de terre en ma possession, et je ne saurais où planter un noyau de cerise ailleurs que dans mon oreille.

XLIX.

A LA MÊME.

Castellamare, 2 juin 1834.

. . . . . Lorsque j'ai lu dans votre lettre que vous parliez de votre retour en octobre comme d'une chose décidée, j'ai vu se dissiper un nuage de tristesse qui, depuis votre départ, couvrait mon cœur comme celui qui couvre le Vésuve lorsqu'il a son bonnet.

N'allez pas rire de la comparaison qui est plus juste que vous ne pensez, quoique les feux qui brûlent mon pauvre vieux cœur ne soient pas toujours visibles et que j'en aie retenu auprès de vous d'innombrables explosions! — tant y a que ce peu de mots de votre aimable épître m'ont comblé de joie.

. . . . . . Vous nous dites de penser à vous; croyez-vous que je puisse jeter les yeux sur la campagne de Castellamare, sans que votre bon souvenir ne se mêle à tous les objets que j'aperçois, qui se sont peints si souvent dans vos yeux, et qui le sont peut-être dans votre imagination au moment où je les examine.

Oh! sublime contrée, seconde patrie de tous les étrangers qui ont une âme! Chaque jour je l'aime davantage et je ne prévois pas comment je pourrai m'en séparer. Venez, chère enfant, venez l'embellir encore par votre douce amitié et répandre sur mes vieux jours ce charme de bienveillance et de bonté, véritable atmosphère de bonheur qui enveloppe tout ce qui vous approche. Voilà qui est fait maintenant, je ne vous dirai plus de tendresses, je ne ferais que me répéter : c'est une petite explosion qui est sortie de mon cœur, et dans laquelle j'ai trempé le bout de ma plume. .

. . . .

. . . .

Vous savez déjà une partie de l'histoire des saint-simoniens qui s'étaient adressés à Fernand pour avoir des secours. Un d'eux est venu à Castellamare avec une lettre de celui qui s'était présenté le premier, et qui recommandait le porteur pour lui faire obtenir une place quelconque, fût-ce de domestique, disant que pour lui, il n'avait plus besoin de secours, étant décidé à se donner la mort avec ses autres camarades. Fernand, ayant consulté son père, il fut décidé qu'il (Fernand) irait à Naples donner avis de tout à M. Biling. Celui-ci était au Vésuve. Fernand se décida d'aller lui-même à l'auberge de la Speranzella, où logeaient ces messieurs, mais ils étaient partis le matin pour un autre logement. A force d'informations et de recherches, il apprit qu'ils étaient à la Vittoria, au rez-de-chaussée où logeait Th. Galitzin. Il vient et frappe à la porte; on ne répond pas. Il entend des voix, un hymne mélancolique; il frappe à plusieurs reprises inutilement, il menace enfin de faire abattre la porte. L'hymne cesse, on ouvre : le salon était éclairé de vingt bougies et orné d'orangers en fleurs, de roses et de fleurs odoriférantes de toutes espèces. Deux jeunes gens en gilet et pantalon blanc, chemise à collet rabattu avec une cravate en dentelle noire, une jeune femme en blanc, les cheveux détachés et flottants, tenaient chacun un verre de champagne plein d'opium; une bouteille d'opium était sur la table. Au milieu de la chambre, un grand réchaud rempli de charbon qui devait les asphyxier et qui répandait déjà son influence délétère. Fernand leur arrache leurs verres, jette la bouteille et fait emporter le réchaud. J'oubliais de vous dire que l'un des jeunes gens avait le nom de la dame écrit en blanc sur sa cravate noire.

Les suicidés ont vu faire toute cette opération sans s'émouvoir, disant que c'était sans doute par la volonté de Dieu que Fernand était venu, et n'ont témoigné ni joie, ni reconnaissance; seulement la dame, qui était probablement la femme libre, lui a serré la main. Martin est arrivé, Fernand a voulu payer pour eux afin qu'on ne les chasse pas; Martin a refusé, disant qu'il était trop heureux qu'on lui eût épargné l'embarras et le chagrin de trouver trois corps morts chez lui.

Pendant que ces insensés chantaient leur hymne de mort, deux de leurs compagnons, dont l'un était celui venu à Castellamare, se promenaient tranquillement sur la place de la Vittoria, en attendant la fin de la tragédie. Fernand a fait une collecte en leur faveur, et ils partent incessamment pour l'Égypte, persuadés que la Providence, dont Fernand a été l'instrument, veut qu'ils continuent à vivre. On n'appelle plus Fernand en famille que *l'instrument*.

Le fait est que le jeune homme s'est conduit avec beaucoup d'esprit et de bonté en toute cette affaire, et qu'il a sauvé la vie à trois personnes, si les saint-simoniens sont des personnes!

. . . . . . Il faut que vous sachiez encore que les garçons de la Vittoria ont profité de l'occasion pour mettre à la loterie, d'après l'almanach de *Barbanera* qui enseigne la manière de gagner à l'occasion des suicides. Ils ont joué le numéro de la chambre, le jour du mois, le nombre des bougies, etc., etc....; et, ce qui vous étonnera, c'est qu'ils ont tous gagné quelque chose, et sont au regret de n'avoir pas joué plus gros jeu. . . . . .

. . . .

L.

24 juin 1834.

. . . . . J'ai quelque répugnance discrète à vous parler de Castellamare et du bonheur tranquille dont nous y jouissons, craignant d'augmenter vos regrets. Je me contenterai donc de vous dire qu'il ne nous manquerait rien si vous y étiez. C'est aussi vous dire combien le bonheur est incomplet. Celui de la duchesse l'est bien davantage, elle s'ennuie mortellement, surtout quand il fait mauvais temps. Nous avons eu une tempête de plusieurs jours, pendant lesquels elle est restée complétement seule. Maintenant cela va mieux, quoique Caroli penche du côté de la belle Russe; malgré les petits contre-temps, elle est toujours aimable et bienveillante en société; elle a été au Vésuve avant-hier avec la princesse Schwartzenberg, la comtesse Potosky et la jeunesse masculine; mais elle est restée à l'ermitage avec Ferdinand, les autres ont monté jusqu'au cratère. Le Vésuve n'a jamais été si beau, surtout en gerbes de feu qui ne discontinuent pas et s'élèvent à une hauteur immense depuis quelques jours : la montagne gémit, et à Portici-Saint-Jorio, les vitres frémissent à tout instant.

J'admire le phénomène depuis notre belle galerie, parce que Langiani, conjuré avec ma femme, ne me permet pas d'y aller voir. Assis ou couché dans votre petit fauteuil si confortable que nous avons emporté, je jouis du spectacle, et je pénètre par la pensée dans la profondeur du gouffre d'où sortent tant de matières embrasées et de fumées sulfureuses, et j'en sors tout confus de n'y rien comprendre.

En revanche, j'ai dessiné au trait la forme exacte du Vésuve avec la machine anglaise de Lebzettern, mais la montagne devient si petite que je ne suis pas satisfait. C'est une chose singulière de voir combien on se trompe sur la proportion des lointains que l'on fait toujours trop grands, car la machine ne peut pas tromper.

On a fait pendant l'indisposition de Natalie une partie au grand cyprès de Castello; toute la société, excepté nous, y était au nombre de trente personnes, sans compter les ânes et les lanternes. On y a pris des glaces et on est revenu à dix heures du soir, à la grande admiration des macaroniers de Gragnano. Mme de Krietenstein est tombée sans se faire du mal, et un pauvre ciociaro a reçu un coup de pied d'un cheval de M. de Kenismark, qui est un étalon indiscipliné (le cheval s'entend). L'homme est encore très-malade; du reste, on s'est fort amusé, *dit-on*, ce que je ne comprends pas, car c'est, à mon avis, un triste plaisir que d'être pendant deux ou trois heures, dans un sentier étroit et mauvais, à la queue d'un âne, avec un âne derrière soi, pour toute société. . . . . .

. . . .

L I.

A LA MÊME.

Castellamare !! !, juillet 1834,

CE n'est pas pour vous faire la nique, chère
enfant, que j'ai mis tant de points d'admiration après la date de Castellamare; ce n'est qu'un
petit mouvement de vanité que j'éprouve toujours,
je ne sais pourquoi, lorsque je me trouve dans une
situation agréable, comme si mon mérite y avait
quelque part; je me promène fièrement sur ma belle
terrasse en face du Vésuve et je me pavane au
soleil couchant, les bras croisés sur ma poitrine,
comme Napoléon, mais j'emploie mieux mon temps
que lui, car je pense à vous comme vous me l'avez
ordonné.

· Vous nous dites dans une de vos lettres : « Pensez à moi *au coucher du soleil.* » Il disparaît
maintenant derrière le promontoire de Misène dans
des vapeurs enflammées qui affaiblissent ses rayons
et qui permettent de le fixer sans danger pour les
yeux. Le voyez-vous entrer peu à peu sous l'horizon qu'il semble quitter avec peine? Déjà la moitié
de son disque est cachée, bientôt ce n'est plus qu'un
point lumineux, le voilà disparu ! mais en se reti-
rant, il lance encore dans le ciel des torrents de
lumière; des franges de feu pendent aux bords des
nuages pourpres et violets ; ces belles teintes

s'obscurcissent peu à peu ; de larges bandes grises, rideaux de la nuit, s'étendent à l'occident. Hélas ! le jour est fini, et Napoléon redevient gros Jean comme devant.

Couché dans un fauteuil que vous connaissez et qui nous a suivi, j'attends l'heure du thé à la lueur d'une demi-douzaine de quinquets qui filent souvent. Je pense que vous n'y êtes pas et que vous pourriez y être. Il manque toujours quelque chose dans la vie, et l'absence de nos amis, toute douloureuse qu'elle soit, disparaît auprès des malheurs réels.

LII.

A LA MÊME.

Castellamare, 19 août 1834.

NATALIE m'apporte cette enveloppe pour vous écrire. Comme j'écris aujourd'hui trois grandes lettres indispensables, j'avais résolu de remettre à un autre jour ma réponse à la vôtre si bonne, si volumineuse et cependant fort courte. Nous l'avons lue en famille, avant le départ de Sophie. C'est elle qui fit la lecture, parce qu'elle a le talent de déchiffrer plus vite que moi certains aimables hiéroglyphes dont vous parsemez ordinairement votre belle écriture. J'écoutais donc, bien allongé dans un fauteuil sur la terrasse, tenant à la main mes lunettes qui m'avaient mal secondé dans cette lecture et je jouissais de mon paisible bonheur en regardant le Vésuve. Avouez que c'est bien là savoir tirer partie de la vie, et ces bons moments, c'est encore à la bonne Valentine que je les dois.

Vos lettres sont de véritables diplômes de bonheur pour vos amis ; il est vrai aussi que, semblable en cela aux souverains de la terre, vous en distribuez une bonne pacotille dans le monde, mais cela n'en diminue pas le prix à mes yeux ; je me contente de ce qui m'en revient et je ne demande rien de plus, jusqu'à ce que j'apprenne de bonne part que vous ayez signé, soit de votre certaine science, soit par distraction, à qui que ce soit au monde (que Dieu nous en préserve !) un diplôme de favori. Alors, adieu chère Valentine, adieu, je vous aimerai toujours, parce qu'on ne peut faire autrement, mais je ne vous écrirai plus — on a de la dignité ! Je ne suis pas très en peine tant que vous serez à Audour à cueillir des simples pour vos oiseaux, je crains seulement que l'ennui ne vous rende malade et ne vous gâte le caractère ; ce serait vraiment dommage, on vous aime tant comme vous êtes !

LIII.

A LA MÊME.

Castellamare, 3 septembre 1834.

QUELLE aimable et longue lettre, bonne Valentine, vous nous avez adressée ! Il faut bien vite, vite que je vous en remercie. J'aurais dû vous écrire plus tôt pendant l'absence de ma femme, mais je ne suis bon à rien quand je suis dépareillé. Je n'ai ni peint, ni écrit; le temps a passé à souffrir de la chaleur et à dire mille choses malhonnêtes au schirok.

Sophie s'est fort bien tirée de son expédition d'Ischia; le beau temps l'a accompagnée sans un seul jour d'interruption jusqu'à son retour à Castellamáre, enfin nous avons repris notre vie ordinaire dont je me trouve fort bien.

Natalie dans ses lettres vous met au courant des petits événements de société. Je vais vous parler aujourd'hui du Vésuve et du mariage de Pauline; je n'ai pas assisté à cette cérémonie, mais Natalie y était et elle (la noce) a fait tant de bruit que je puis vous en parler sciemment.

Pour bien comprendre ce qui s'est passé, il faut que vous sachiez que l'archevêque de Naples en voulait un peu à Mgr Porta, confesseur de Pauline, qui avait béni le mariage d'Albert et d'Alexandrine et lui reprochait, dit-on, d'avoir mis trop de solennité en unissant un catholique à une protestante.

Lorsqu'on a demandé à l'archevêque l'autorisation pour Mgr Porta de bénir le mariage de Pauline, il répondit qu'il avait déjà délégué Mgr Giusti et que, les papiers étant écrits en son nom, il n'était plus possible de charger Mgr Porta de cet office. Celui-ci ne comptait plus en conséquence assister au mariage. Mais Giusti alla lui-même le prier et le prendre dans sa voiture, pour lui montrer, a-t-il dit à ses amis, comment un prêtre catholique doit marier les protestants. A peine entré dans le salon, à côté de la chapelle, il s'écria d'une voix de taureau, *dove é la ragazza?* Les fiancés se présentèrent. *Volete sposar dona Paulina catholica? Volete sposar il signor Craven che non é catholico?* L'un et l'autre répondent que oui, fort étonnés de cette brutale allocution. Après quoi, Pauline ne se croyant, comme de raison, nullement mariée, passa dans la chapelle et se mit à genoux à l'autel en attendant la cérémonie et la bénédiction régulière. Mais lorsqu'on pria Giusti de passer dans la chapelle pour achever le mariage, il cria d'une voix de tonnerre : *é fatto, é tutto fatto, levatevi andate, é tutto fatto,* et ordonna d'éteindre les cierges, mais on n'en fit rien.

Tout cela fut dit sur la porte de la chapelle dans laquelle il n'entra pas; il était en habit court ordinaire sans surplis. Vous concevrez facilement la colère du comte et la stupéfaction de tout le monde. Richard fit prier tout le monde de sortir de cet appartement et lorsque M. de La F. . . fut seul avec cet évêque et un autre prêtre desservant qu'il avait amené; ainsi que quelques hommes de la société, il le traita suivant son mérite, lui disant que ce n'était pas lui qu'il respectait, mais l'habit qu'il portait indignement, que si tous les prêtres catholiques lui ressemblaient, il se ferait chinois ou musulman, enfin tout ce qu'on peut pardonner à un père vivement offensé.

Le petit prêtre ayant voulu excuser son chef, L. F. lui dit que, s'il ajoutait un mot, il le ferait jeter par la fenêtre. L'évêque était pâle et tremblant et consentit enfin à déléguer les pouvoirs à Mgr Porta, qui maria les jeunes gens suivant les rites usités et leur fit le discours le plus touchant.

Mgr Giusti faisant mine de rester, Richard Acton le mit poliment à la porte, en lui disant qu'après la conduite qu'il venait de tenir chez lui, sa présence y était déplacée.

Toute l'assemblée fut si contente du discours de Mgr Porta et de la manière dont il s'acquitta de son ministère, après l'algarade de son prédécesseur, qu'on s'empressa de lui baiser la main et de le remercier. Ce fut en effet un bonheur que ce brave homme fût présent pour réparer la sottise de Giusti, car sans cela que seraient devenus les époux si mal mariés? Pauline ne pouvait se croire mariée.

La voiture les attendait pour partir. Enfin tout est arrangé, Pauline est heureuse, puisse-t-elle l'être autant que je le désire !

Voilà, bonne Valentine, l'histoire abrégée de ce

mariage dans laquelle je n'ai pas parlé des pleurs, des angoisses des jeunes personnes. Albert ne pouvait arrêter ses larmes, Alexandrine était atterée. Je me suis mille fois félicité de n'y avoir pas assisté, j'en aurais été malade de rage en voyant comment un faux zèle peut nuire aux vrais intérêts de notre sainte religion.

Je trouve que ces choses-là font plus de tort que toutes les déclamations des incrédules. Cela n'est-il pas fait pour en dégoûter le jeune homme qui allait à Rome pour abjurer? Je vous dirai les catastrophes du Vésuve une autre fois.

LIV.

A LA MÊME.

Naples, 16 septembre 1834.

JE vous ai promis une description effrayante de la dernière éruption du Vésuve, chère bonne Valentine, mais à présent que me voilà la plume à la main, je commence à craindre d'avoir fait une fanfaronnade et je crains fort que vous ne vous effrayerez pas. Mais comme j'ai beaucoup de choses à vous dire plus intéressantes que le Vésuve, vous excuserez la faiblesse de mon éloquence descriptive. . . . .

. . . . . . Nous regrettons vivement le départ de nos amis de Castellamare, c'était une si douce habitude de voir arriver régulièrement sans jamais y manquer l'aimable Eulalie, de la voir s'établir dans ses petits coins favoris et les quitter subitement pour y revenir aussitôt; et quand on lui disait : Vous reviendrez ce soir ? — *Bien sûr!* — promesse qui ne trompait jamais. Aussi chaque divan, chaque fauteuil de notre belle terrasse semble l'attendre encore et le casino Acton, depuis le plafond jusqu'au plancher, est tapissé de son souvenir. Nous avions aussi, quoique moins souvent, la visite de la belle Délie dans les intervalles que lui accordaient ses autres amis ; on en a beaucoup, quand on sait se faire aimer comme elle. Nous sommes maintenant bien isolés! . . . . . .

Je vous parlerai un jour au long de notre bonne duchesse qui a déjà écrit de Vienne au petit ami, mais je veux achever une page avec le Vésuve. J'ai marqué avec un point noir dans la vignette l'endroit où s'est ouvert le nouveau cratère d'où sont sortis les torrents de lave qui ont couvert une vallée fertile. C'est au milieu d'une côte qui réunit le Vésuve à la Somma. Si l'ouverture s'était faite quelques toises plus au nord, la lave aurait coulé dans le *fossogrande* du côté de l'Ermitage. Comme vous avez dessiné la montagne, vous comprendrez cela. On voyait depuis notre terrasse la lave sortir de l'ouverture à gros bouillons et se précipiter sur la pente rapide. Le ciel ressemblait à un dôme de feu. Une fumée noire sillonnée par des éclairs voilait de temps en temps et faisait disparaître l'imposant spectacle.

Le cours de la lave jusque près d'Ottoiano était caché par un rideau de la montagne et on n'aper-

cevait que la fumée éclairée par le feu. Mais à
mon avis, l'effet était plus pittoresque de jour que
pendant la nuit.

Le grand cratère jetait des tourbillons de cendre
à une hauteur qui égalait deux fois et demie la
hauteur du Vésuve et qui représentait un énorme
pin changeant de forme à chaque instant. Du
nouveau cratère et de la lave qui descendait, on
voyait s'élever une fumée blanche comme les
nuages arrondis de l'été, qui accompagnait la
cendre sans la cacher. Cet amas de vapeurs était
ensuite emporté par le vent du côté des Apennins,
dans la même direction que celle suivie par la lave,
et de cette zone de nuages, on voyait tomber la
cendre comme une pluie noire qui se confondait
avec la fumée du fleuve enflammé.

J'ai essayé de peindre d'après nature ce terrible
phénomène, mais le tableau est plus mauvais
encore que ma description. Aussi, quoique je vous
l'eusse destiné, je ne vous l'enverrai pas et il faudra vous contenter de cette maigre description.

LV.

A LA MÊME.

Naples, 23 janvier 1835.

LE projet que vous avez d'écrire dorénavant sur
du grand papier annonce que vous êtes dans
le progrès depuis votre arrivée à Paris. La méthode

des petites pages est bonne pour ceux qui sont en peine, lorsqu'ils commencent une lettre, de savoir comment ils la rempliront ; mais ce n'est pas là ce qui vous embarrasse, il y a tant de belles et bonnes choses dans votre imagination et dans votre cœur, qu'elles n'attendent que votre permission pour se coucher sur un in-folio. Je vous remercie de leur avoir donné un libre cours dans les huit petites pages que je viens de recevoir de vous.

Personne n'est plus aimable que vous, chère et constante amie ; il faudrait avoir un cœur bien réfractaire, pour ne pas être reconnaissant de cette amitié persévérante sur laquelle l'absence n'a pas de prise, au milieu des nouveaux objets qui pourraient vous séduire au centre de la grande Babylone et de ses prestiges. On serait obligé de vous chérir, même si on ne le voulait pas, mais pour moi, je vous assure que je le veux bien et de tout mon cœur. Si j'étais un jeune homme, il y aurait du danger pour moi et j'y penserais à deux fois, mais puisqu'il a plu à la Providence de me jeter dans ce monde cinquante ans avant vous, je ne vois pas pourquoi je me retiendrais sur la douce pente qui m'entraîne. J'en ai d'autant moins de scrupule, que l'élan est pris et qu'il ne m'est plus possible de m'arrêter. Peut-on s'arrêter au milieu des montagnes russes ? Il faut, ou ne pas partir, ou suivre avec la rapidité d'une flèche jusqu'au bas de la montagne. Ainsi m'y voilà bien décidé, je me livre à toute la violence de la course, je ferme les yeux, et je veux vous aimer jusqu'à perdre la respiration.

D'après cette déclaration, vous devez penser combien j'ai été désolé de la perte du précieux bonnet que vous m'avez envoyé et qui est perdu avec la moitié du joli métier adressé à ma femme. Notre désappointement à tous deux est inexprimable. Le jeune homme a dit qu'il l'avait laissé à Marseille avec ses effets, mais où ? A l'auberge sans doute ! Si c'était à Paris, je conserverais quelque espoir, mais à Marseille, hélas ! Il est bien perdu le joli ouvrage sur lequel la bonne Valentine avait promené si longtemps ses mains blanches et ses yeux noirs. Je ne m'en consolerai jamais ! Votre voleur de Naples m'en avait déjà escamoté un, c'est un vrai guignon. Merci cependant, chère enfant, ma reconnaissance est la même que si je l'avais reçu ; au lieu de couvrir ma tête chauve, il restera dans mon cœur qui est beaucoup plus jeune qu'elle. .

. . . .

Les L. F. sont perdus dans les répétitions. On prépare *la Famille de Henry Quatre et Marguerite* pour la seconde pièce. Pauline joue le rôle du dauphin dans la première, je ne sais quel costume elle prendra. Craven sera Henry IV et Charles l'ambassadeur anglais ; ces deux rôles me semblent mal distribués. Charles, avec sa belle tournure et sa belle moustache, aurait dit *ventre-saint-gris* de meilleure grâce que Craven, qui peut être un vert galant, mais qui n'en a pas l'air. C'est à Pauline à décider ce point de controverse. Arthur est aussi du nombre des acteurs pour le rôle de Gaston. Les costumes seront superbes.

On a changé quelques passages, parce qu'il y a dans la pièce une accusation contre le duc de Savoye qui ne pouvait être prononcée en présence de la jeune reine de Naples. Natalie vous a parlé ou vous parlera des bals et festins auxquels je n'ai point assisté, parce que je suis encore en deuil. . . . .

LVI.

A LA MÊME.

Naples, 6 février 1835.

. . . . . . Nous avons eu un spectacle charmant chez les Acton, *Henry Quatre en famille*. Arthur a été du nombre des acteurs dans le rôle de Gaston d'Orléans ; il a joué avec une assurance parfaite et a obtenu le suffrage de tout le monde. Les entrailles paternelles et maternelles se sont émues. Natalie a voulu que je vous envoye mon Vésuve qui est bien mauvais, mais assez exact ; c'est la fin de l'éruption, avec les deux espèces de fumée, l'une de cendre, l'autre de la lave . . . . .

LVII.

A LA MÊME.

. . . .

Voici une nouvelle plus gaie, si vous ne la savez
pas. La belle, la sublime M... a quitté sa tendre
mère et s'est jetée à corps perdu dans les bras du
comte B... Vous saurez que ce bel Hongrois lui
faisait la cour avant M. S... et que L. S... avait
favorisé celui-ci, pour éloigner l'autre, et puis les
avait éconduits tous deux. B... a suivi la jeune
personne de porte en porte. La famille ayant été
instruite de sa poursuite a veillé sévèrement sur
M... et la tenait en chartre privée. L'amant est
parti pour Milan avec fracas, pour tranquilliser
son monde, et lorsqu'on n'y pensait plus, au
moment où L. S... partait de Sion en Suisse,
sa fille lui dit qu'elle allait faire une visite de
congé aux E... qui logeaient dans la même auberge et gagna la rue. Elle dansa si bien la
galope qu'elle ne tarda pas à rejoindre la voiture
qui l'attendait. Le lendemain, la mère reçut une
lettre de sa fille, dans laquelle elle lui annonçait
qu'elle était mariée à M. B... depuis Naples, que
le mariage avait eu lieu dans la maison même où
ils habitaient, en présence d'un Autrichien et d'autres témoins. Comme F... logeait dans cette même
maison, cela pourra faire croire aux parents que

la cérémonie a été faite chez lui, mais tout cela est faux, le mariage comme les témoins. Tout ce qu'on peut raisonnablement affirmer, c'est que le mariage est consommé, ce qui est très-consolant pour les philanthropes qui s'intéressent à la propagation de l'espèce humaine. Le fait est que la pauvre fille était malheureuse et maltraitée par sa mère, et qu'elle serait aussi volontiers décampée avec S... qu'avec B... si le premier le lui avait proposé, mais L... lui avait demandé sa parole de n'en rien faire et le loyal amant attend en Angleterre les deux ans qui doivent amener la majorité de sa belle! Attendez-moi sous l'orme!

LVIII.

A LA MÊME.

.Castellamare, 1835

J'AURAIS répondu plus tôt à votre bonne longue lettre, chère Valentine, si je n'avais mille choses dans la tête et dans le cœur qui me tracassent. Il y a plus de quinze jours que je n'ai écrit une panse d'a à personne et je passe mon temps à me promener sur ma terrasse et à rêvasser en attendant des nouvelles qui seront très-bonnes ou désespérantes. Aujourd'hui le courrier autrichien qui devait nous les apporter est arrivé les mains vides; pour ce qui regarde notre affaire, nous voilà renvoyés à quinze jours. J'en pleurerais, si cela n'était pas ridicule et inutile, et si je savais pleurer.

Je vous dirai cependant, pour changer de sujet, que j'ai commencé un grand tableau qui s'annonce assez bien. Je compte m'y remettre sans faute demain. Je ne sais si vous avez vu l'ébauche qui est faite depuis longtemps.

Le bon Gigante s'est dégoûté de la peinture à l'huile, et il a vendu trente-cinq esquisses d'après nature à un artiste pour cent ducats. C'est une sottise insigne dont il se repent maintenant, car il y en avait de fort jolies ; le petit ami a été à temps d'en acheter quelques-unes que j'ai ensuite terminées, et il en est résulté quelque chose que ni Gigante ni moi ne pourrions faire seuls, parce qu'il ébauche fort bien, mais ne sait pas retoucher et finir. Je regrette de n'avoir pas su son intention, je lui aurais fait un meilleur prix et j'aurais eu l'occasion de travailler facilement, sans aller faire les tracés d'après nature.

J'espère que vous mettrez à profit votre loisir de la campagne ; l'essentiel est de s'y mettre. Lorsque j'ai enfin pris la palette à la main, je m'étonne d'avoir été paresseux, tant je trouve de plaisir à cette charmante occupation.

Nous n'avons point encore eu de chaleur ici, ni même à Naples. Les orages se suivent presque sans interruption et tous les étrangers se récrient sur l'inconstance de ce célèbre climat. Ces jours passés, nous avons eu, pendant un orage, le plaisir de voir passer devant nous une dizaine de trombes, parmi lesquelles trois étaient magnifiques et descendaient jusqu'à la mer qu'elles agitaient violemment. Deux ont passé entre Tevegliano et nous, en touchant le rivage ; on les voyait se retirer subitement dans les nuages et disparaître, une bande du ciel serein à l'horizon permettait au soleil de les éclairer sur un fond noir, ce qui faisait un effet merveilleux. Vous connaissez, je pense, ma passion pour les trombes et vous ne serez pas étonnée de ma description enthousiaste. . . . .

. . . .

. . . .

Je ne m'accoutume pas à l'idée de ne pas vous voir ici, et de ne pas même vous y espérer ! Quand nous reverrons-nous, chère enfant ? Dieu le sait ! Malgré la peine que j'éprouve de cette rigueur du sort, je sais jouir de mes souvenirs et la pensée de votre amitié est un capital que je tiens en réserve et dont je jouis comme un avare de son trésor, sans y toucher, hélas !. . . . .

LIX.

A LA MÊME.

Castellamare, 24 juin 1835.

. . . . . . Arthur achève sa quatorzième année ; par conséquent il est nécessaire que son instituteur ait des connaissances suffisantes pour continuer l'instruction de l'enfant que M. Sambon à com-

mencé avec assez de succès. Nous désirerions
surtout que le précepteur l'accompagne partout
et se dévoue à son éducation pour cinq ou six
ans.

Dites-nous, s'il est possible, quels sont les émoluments qu'il demande, en précisant bien, de peur
qu'il n'y ait les embarras que nous avons éprouvés
avec Sambon et que vous connaissez. L'essentiel
est surtout qu'il ne soit pas libéral, qu'il ait
des idées religieuses. Vous connaissez les miennes
et je connais les vôtres, ainsi personne ne peut
mieux réussir dans cette recherche que M. de
Marcellus et vous, aussi éloignés l'un et l'autre
des mauvais principes que de l'exagération dans
les bons. Nous voudrions qu'Arthur fût toujours
avec lui et couche dans la même chambre. Voilà
bien des détails qui peut-être ne serviront à rien,
si vous n'êtes pas en position de nous aider dans
cette affaire.

. . . . . Le maréchal Marmont, qui maintenant est de notre société castellamarienne, a été
guéri de ses rhumatismes avec des plaques de fer
appliquées sur la partie. Il était depuis quinze ans
dans un état désespéré par les vives douleurs qu'il
éprouvait. Il est complétement guéri et continue
d'user du remède à la plus petite attaque. Ces
plaques de fer ou d'acier doivent être bien net-
toyées de rouille et avoir la forme de la partie sur
laquelle on les applique. Il en a une collection. Le
spécifique est surtout bon pour les douleurs aiguës
et lorsque le malade souffre plus la nuit que le
jour. Il assure que plusieurs personnes ont eu le

même succès que lui par l'usage des plaqués de fer. Ce qui est singulier, c'est qu'elles se rouillent dans quelques heures sur la partie affectée et gardent leur poli sur toute autre partie saine. Ainsi dit le Marmont ; comme le remède ne peut faire aucun mal et n'est pas ruineux, pourquoi votre cher L... n'essayerait-il pas ?. . . . .

LX.

A LA MÊME.

Naples.

MA conscience me dit chaque jour des injures, bonne Valentine, et je les souffre patiemment, car elle a bien raison ; il y a des siècles que je ne vous ai écrit ! comme toutes les raisons imaginables seraient mauvaises, je ne vous en donnerai aucune, car vous parler de mes chagrins, d'un découragement qui m'ôte toutes mes facultés, serait une véritable inconséquence, puisque je sais fort bien qu'une lettre aimable de vous, comme elles le sont toutes, est le meilleur spécifique que je devrais rechercher. Je voulais vous écrire par le dernier courrier, mais Natalie m'a conseillé d'attendre, en me montrant une douzaine de pages qu'elle vous adressait. J'ai suivi son avis pour vous épargner les frais de poste, sachant que vous aviez le projet impraticable de devenir économe.

Une des bonnes raisons qui rendent mes lettres rares est que Natalie vous instruit de tout ce qui se passe à Naples avec une exactitude et une sagacité dont je ne suis pas capable ; vous l'inspirez ! Ne trouvez-vous pas qu'elle écrit fort joliment ? Elle m'a lu sa lettre et je me suis pâmé de rire à la citation des gendarmes et de l'épicier ; il faudra que Mme de M... fasse une grande dépense de cassonade pour rétablir complétement la bonne intelligence. Je n'ai donc rien à vous dire de Naples que vous voyez avec le microscope de Natalie, comme si vous y étiez. Le plan qu'elle vous a envoyé vous aura mise au fait de notre salon ; il ne me resterait donc plus qu'à vous parler de mon attachement pour vous, et c'est comme si je vous disais que Capri est toujours à la même place.

Savez-vous que notre bonne duchesse s'est mise en règle avec Dieu et avec les hommes. Son dernier mari est congédié ; elle est maintenant l'épouse légitime du prince de R... On dit que le congédié s'est fait payer un peu cher, mais enfin la chose est terminée. Elle garde son nom et sa liberté, on dit que le prince de R..., jadis si beau et si sémillant, n'est plus qu'un ennuyeux ; ainsi il n'y a pas à penser à les rapatrier. Tout irait bien, si elle savait prendre son parti et d'autres habitudes analogues à son âge. Mais, hélas ! il n'en est rien ; par tout ce qui nous revient de Vienne, son cœur est toujours jeune ! Je l'ai vue à Castellamare, l'été passé, malheureuse, et, qui pis est, persiflée par les jeunes Allemandes qu'elle croyait ses amies. Son nom, son esprit, ses excellentes qualités ont pu faire oublier ses irrégularités, mais elle n'échappera pas au ridicule et y succombera. J'en suis désolé, car je l'aime sincèrement ; il n'y a rien de meilleur qu'elle, et lorsque je pense qu'elle pourrait jouer le rôle le plus noble, le plus brillant dans la société et jouir de l'estime et du respect de tout ce qui l'entoure, en sacrifiant de bonne foi des chimères, j'éprouve un mouvement de colère contre la nature humaine, persuadé que j'en ferais autant, si j'avais le même sexe et la même situation. J'apprends à l'instant que le prince de R.... s'est présenté chez elle et qu'elle ne l'a pas reçu ; elle ne veut de mari d'aucune espèce. Une dame de Vienne, qui est ici et qui ne l'aime pas, prétend qu'elle a donné au mari répudié quinze mille francs de rente et *le déjeuné* ; c'est une mauvaise plaisanterie.

Notre appartement du deuxième étage est occupé par le prince et la princesse Vindisgrætz ; ils sont fort aimables. Le roi donne aujourd'hui une grande parade au prince lieutenant-général autrichien. Nos lettres nous arrivent maintenant parfumées et déchirées pour le choléra. Hier on disait que ce n'était pas le choléra qui est à Marseille, mais bien la peste. Les agioteurs font courir ces bruits pour leurs infâmes spéculations ; j'espère qu'il n'en sera rien. Je sais que Marseille vous intéresse et que vous y avez des amis et des parents, c'est ce qui m'inquiète le plus, car, je ne sais pourquoi, je ne crains point le choléra, et j'ai déjà passé six mois à Tiflis avec la peste. J'ai pour ma tranquillité une bonne raison, c'est qu'il n'est pas au pouvoir de

Dieu lui-même de me faire mourir à soixante-dix
ans, parce que j'en ai soixante et onze . . . . .

. . . .

. . . .

. Nous voyons bien souvent les Lebzettern et les
parties d'échecs vont leur train au préjudice des
dames, mais le piano est muet, à mon grand regret. Qu'est devenu le temps où il soupirait : *Sur
le penchant des montagnes,* et où je finissais par
ne plus entendre à force de regarder ? . . . . .

. . . .

. . . .

Je pense que vous connaissez Mme de Chateluz ;
si cela est, j'ai une grande prière à vous adresser,
à laquelle je tiens beaucoup : il ne s'agit pas moins
que de lui persuader que je ne suis pas le plus sot
et le plus mal appris des hommes, ce que vous
savez déjà, j'espère, mais ce dont elle peut fort bien
douter, d'après mon procédé envers elle. Cette dame
a voulu que je lui fusse présenté chez lady Drum-
mont ; lady Acton s'en est chargée et j'ai eu le
plaisir de faire sa connaissance et d'obtenir d'elle
la permission de lui rendre ma visite. Les deux
jours suivants, des séances interminables pour mon
portrait m'ont empêché d'aller chez elle, puis une
fluxion au nez qui me défigurait (ne dites pas cette
raison et tâchez d'en inventer une autre) m'a retenu chez moi ; enfin dès que je pus me montrer, je
me rendis à son auberge. Elle était partie la veille
et je revins chez moi tout honteux, avec le sentiment qu'éprouverait un homme en apprenant que
sa fiancée en a épousé un autre. Tâchez, de grâce,

de me laver de mon ignominie que je ne serai probablement jamais à même de réparer en personne.

LXI.

A LA MÊME.

Naples, 21 août 1835.

L A saison est d'une bizarrerie singulière; juin et
juillet n'ont point eu de chaleur ; des coups de
vent, des bourrasques continuelles ne laissaient voir
l'azur du ciel que par intervalles, puis tout à coup,
ces jours passés, un vent brûlant d'Afrique a failli
nous suffoquer et a mis en alarme les pauvres
Napolitains, parce que le fameux tremblement de
terre de 1806 avait été précédé d'un vent semblable et d'une vapeur sèche qui couvrait toutes
les montagnes. Ce phénomène avait été précédé de
plusieurs irruptions de lave du grand cratère, à
peu près comme celles que vous avez vues, et qui
nous ont donné un beau spectacle, vu de notre terrasse de Boccapianola. Je n'ai pas travaillé autant
que je me l'étais proposé. Il y a chaque jour
quelque empêchement qui fait remettre au lendemain; puis certains jours de découragement, et
ceux où souffle le shirocco, le temps passe sans
résultat pittoresque.

J'ai peint le chemin couvert qui est sous Boccapianola soutenu par des arcades, ensuite la porte
de Boccapianola qui n'est pas finie, quelques es-

quisses au crayon et voilà tout. Natalie a repris
courage : elle a déjà dessiné deux fois d'après
nature, depuis le départ de ma femme, et vous
seriez contente de ce qu'elle a fait. M. de La F.
est parti pour Prague avec son fils Ferdinand.
Mme la duchesse de B... est partie hier pour Rome
ou Florence avec cinq voitures, la sienne était à
six chevaux; elle va au-devant de M. de La F.
(apparemment). On attend Mme d'Alopeus dans la
quinzaine. La nouvelle vient d'Albert, ainsi elle
est officielle, on prétend qu'il a reçu une lettre de
la comtesse. Les personnes qui ont voyagé dans
le bateau à vapeur avec la duchesse ont été frap-
pées du ton de familiarité du Luchésini; il était avec
elle, disait le narrateur, comme un écolier allemand
avec son camarade; c'est sans doute ordonné. Per-
mettez-moi de ne vous rien dire d'aimable aujour-
d'hui, quoique je ne puisse pas manquer de sujet en
vous écrivant; mais le shirock souffle encore et il
agit singulièrement sur mon imagination qu'il
bêtifie; mon cœur se fâche vainement contre elle.

LXII.

A LA MÊME.

3 décembre 1835.

. . . .

EN attendant je mène promener les deux tour-tereaux avec toute la complaisance possible, rêvant (moi s'entend) à la chimie, admirant les beaux sites, ou bayant aux corneilles. Si la conversation devient générale, c'est pour parler de Valentine ; nous avons été ces jours passés au tombeau de Virgile, sur cette petite plate-forme d'où vous avez dessiné avec Natalie la villa Citronia. Je vous assure que j'ai eu une véritable vision, une apparition de cette amie qui nous manquait si fort à tous les trois. Quoique vous me soyez toujours présente en mille endroits du palais Esterhazy, où je vous ai vue si souvent, le regret de votre absence a été mille fois plus vif dans cet endroit solitaire où votre souvenir semblait m'attendre. Vous comprendrez ce que j'a éprouvé, je le crois, parce que, parmi les illusions de mon amour-propre, j'ai celle de penser que mon cœur a quelque analogie avec le vôtre.

Certaines situations rendent la mémoire du passé plus vive, mais lorsque je veux opérer une véritable évocation d'une personne vivante que j'aime beaucoup, je me promène seul dans la petit allée obscure de la villa Reale près de la mer, au bruit de la lame que le shiroc pousse contre le rivage, je fredonne doucement certaine romance :

> Au penchant des montagnes
> Qu'il est doux de s'asseoir !

ou bien

> Bourgeois de Paris,
> Rentrez au logis.

J'ai soin de ménager ma voix, de manière que le bruit des vagues m'empêche de m'entendre moi-même, ce qui gâterait tout. Alors ce n'est plus un simple souvenir, c'est quelque chose de plus réel ; l'air connu de ces romances résonne dans mon cœur, comme la corde d'une harpe lorsqu'on touche l'octave ; je n'aurais qu'à fermer les yeux pour vous voir, mais je m'en garde bien, de peur de vous voir disparaître.

Je pourrais vous écrire encore quelques pages, mais il y a eu quelque mérite à tracer celles qui sont écrites : une brodeuse, un marchand de toile ! Ma femme se fâche contre Basile ! Dix ducats dans un mois et demi, pour des bougies, dans une maison où l'on ne brûle que de l'huile ! ! ! Adieu, chère bonne Valentine, je vous écris rarement, ne m'en veuillez pas. Si vous saviez ce que c'est que l'apathie insurmontable des vieux, qui ne savent se décider à rien, qui renvoyent tout à demain, comme s'ils avaient beaucoup de demains à dépenser ! Je n'ai point encore de nouvelles du vin. Dieu veuille qu'il ne se soit pas trouvé sur le vaisseau qui apportait les effets de Maturevitz et qui a sombré

près du golfe de la Spezia! Ma reconnaissance
sera toujours la même, en désirant aussi la dégus-
tation, s'il y a lieu.

LXIII.

A LA MÊME.

Castellamare, 26 août 1836.

Si je ne vous ai point écrit depuis longtemps,
bonne Valentine, c'est que tant qu'a duré le
choléra, je m'étais promis à moi-même de n'en
parler que le moins possible, de n'en point écrire
et même de n'y point penser, et cela m'a parfaitement réussi; maintenant toutes les inquiétudes
sont terminées et les plus grands alarmistes vivent
en paix.

Le fléau maintenant serait à Rome; on en dit
de mauvaises choses sur les médecins et le clergé,
mais je n'en veux rien croire, car, par le temps
qui court, on n'est que trop disposé à parler mal
de Rome.

Gênes est attaquée pour la troisième fois, et
quoique la maladie soit partout, les quarantaines
continuent, la misère augmente en conséquence
et prépare les éléments de nouvelles invasions.

Tout cela n'est pas gai; quand je compare nos
brillantes villégiatures précédentes à Castellamare
avec celle-ci, je bénis le ciel qui s'est opposé à
nos désirs de vous la voir partager; cela fait bien

voir qu'il ne faut jamais murmurer. Vous avez cru bonnement et humainement que vous ne pouviez pas venir en Italie faute de moyens, mais la vraie raison qui vous en a empêchée est que le bon Dieu ne voulait pas que vous fussiez en butte à cette vilaine maladie et je l'en remercie de bien bon cœur. Nous avions cru en diminuer le danger en venant à Castellamare, mais elle a été proportionnellement plus forte ici qu'à Naples. Outre les malades que nous avons eus dans la maison, le petit· Boccapianola où nous logions en était entouré; à tout moment la sonnette du viatique se faisait entendre et nous avons vu passer sous nos fenêtres neuf pauvres capucins qu'on emportait sur une planche.

Je pense que les F... vous ont appris que nous avons abandonné tout à coup le petit Boccapianola qui menaçait de s'écrouler; une espèce d'architecte consulté a dit qu'il ne voudrait pas y coucher une nuit; sur ce, ma femme monte sur son âne et va louer la maison d'Ackenkausen; deux jours après, nous y étions établis et nous y voilà. Cent ducats ont fait l'affaire. Mon avis avait été de les épargner, car la maison suspecte durera plus que moi, mais ma bonne Sophie, qui a été visiter à plusieurs reprises nos cholériques sans la moindre crainte, s'est tellement effrayée du mauvais propos de l'architecte, que nous avons décampé le lendemain; nous y avons beaucoup gagné pour le confortable.

La nouvelle maison est délicieuse, préférable même à celle d'Acton où nous avons logé.

Le grand Boccapianola est habité par la reine
de Sardaigne et par le comte et la comtesse de Syracuse. Les écuyers piémontais nous tiennent bonne
compagnie après qu'ils ont mis coucher leur reine.

Nous voyons la duchesse de Patriano Escalon
qui est auprès de la jeune princesse, Mme de
Leavenberg et les Anglais dont Natalie vous a
parlé, en outre Frisari et le marquis de Lagrua
qui peint des croûtes comme moi, et qui parle de
son art comme Vatel de sa cuisine. Mais au
nombre de nos consolations, je ne dois pas oublier les bons dînés que nous fait le cher Gondrée,
votre ancien cuisinier, qui maintenant est à notre
service. Ma femme est heureuse de n'avoir plus
affaire avec le mauvais sujet russe que nous avons
chassé et qui la volait sans pitié.

Gondrée est fort discret, d'un bon caractère; on
n'entend jamais sa voix. Sophie a le projet, lorsque
nous partirons au printemps, de le placer chez la
reine de Sardaigne. Nous avons déjà quelques promesses à ce sujet. Les écuyers et secrétaires
qui ont goûté de sa cuisine en sont enchantés et
de temps en temps, ils font semblant de dîner à
midi avec leur souveraine pour venir dîner tout
de bon chez Gondrée. Vous comprendrez que ce
dernier met tout son savoir en jeu dans ces occasions. Il [y] a mille détails à vous raconter sur la
société que je vous ai nommée, mais il faut laisser
passer ce moment de trouble avant de vous laisser
voir la face riante de mon pauvre cœur qui est
encore sous le coup qui lui a été porté. . . . . .

LXIV.

Le 2/14 avril 1837.

. . . .

O n vous dit tant de bonnes choses, chère enfant, que tout ce que je pourrais vous écrire ne serait qu'une répétition. Je veux seulement que vous sachiez bien que toutes les fois que vos amis de Naples, et même de Paris, vous disent quelque chose d'aimable, ou vous parlent de leur tendresse et de leur amitié, il faut, dis-je, que vous sachiez que je voulais vous dire la même chose et que j'y ava's pensé avant; ils auront beau imaginer et inventer des expressions, des tournures de phrases persuasives, persuadez-vous qu'ils ne sont que des copistes, de véritables plagiaires, qui profitent de mon absence pour vous dire ce qui est sur mes lèvres, et qui me coupent indiscrètement la parole pour se faire honneur de mes sentiments.

Le projet *mort né* dont vous parlez peut et doit bien vite ressusciter, sans cela vous me feriez croire qu'il n'était jamais né bien sincèrement, car le choléra supposé, qui n'existe plus nulle part en Napolie, n'aurait pas suffi pour le tuer. Pour moi, je ne puis ne pas espérer encore. Que les Saint-T... restent à Paris, s'ils veulent, dans les bras de Louis-Philippe, mais qu'ils ne détournent pas nos amis de venir par des contes à dormir debout.

LXV.

A LA MÊME.

Naples, 1837.

JE voulais vous écrire par le courrier passé, chère enfant, mais comme Gustave et Natalie vous écrivaient, j'ai remis mon épître à aujour-d'hui. Ils vous ont donné toutes les nouvelles de notre malheureux choléra qui heureusement est à sa fin, quoique l'on ne soit pas encore totalement hors de danger ; toutes les inquiétudes ont dis-paru, car on finit par s'accoutumer à tout, même au choléra. Ma chère Sophie, malgré son extrême sensibilité, a montré beaucoup de courage, elle n'a été troublée qu'un seul instant, lorsque nous ap-prîmes que notre bon ami le vieux Viénot avait été enterré dans la même fosse avec 150 autres victimes du fléau, et que personne n'était exempt de cette horrible sépulture, puisque le ministre de la guerre lui-même n'a pu en être excepté. Cette idée, qui n'a fait aucune impression sur moi, lui arracha des larmes, mais ce ne fut qu'un instant et elle n'y songea bientôt plus. . . . .
. . . .
. . . .

Je ne vous ai jamais parlé de M. Palegoix dont nous sommes fort contents. Son seul défaut est d'être trop jeune pour son élève qui devient grand garçon et qui a quelque disposition à l'indocilité.

Nous remédions autant que possible à cet inconvénient, en mêlant notre autorité à celle du maître et la chose va.

Nous avons eu la plus grande peine à inspirer de la confiance à ce dernier, et à le mettre de la famille. Il était discret et réservé outre mesure, ne se mêlant jamais de la conversation, ce qui était tout à fait contre nos idées.

Je sais qu'en France on craint généralement cette familiarité que nous voulons établir, et c'est sans doute aux principes qu'il a reçus dans son éducation que nous avons dû cette réserve qui tient peut-être un peu à un orgueil malentendu. A force de prévenances et d'encouragement, ma femme est parvenue à l'apprivoiser. Maintenant il est fort bien et Arthur lui est affectionné.

Vous ne savez peut-être pas que le bon jeune homme porte une perruque, fort bien faite à la vérité, mais pas assez cependant pour qu'il puisse croire qu'on ne s'en aperçoit pas. Cependant il le cache avec soin ; cette fausse honte l'empêche de prendre des bains de mer avec Arthur, et si la disposition de nos appartements nous obligeait à le faire coucher dans la même chambre que son élève, ce qui peut fort bien arriver, il aurait de la peine à y consentir.

Le lendemain de son arrivée, le petit Nolde Schta-kelberg, espiègle de la première classe, rencontra Palegoix et Arthur à la promenade de la Villa: Je te félicite, dit-il à ce dernier en le quittant, tu as pris perruque !

Arthur revint à la maison nous donner cette importante nouvelle.

Pour les études il est très-persévérant et sait son affaire. Tous les mois il y a un examen dont nous sommes très-satisfaits ; dans le dernier il a traduit (Arthur) et analysé quelques pages des Commentaires de César avec facilité. Dieu aidant, nous le ramènerons en Russie en état de subir les examens nécessaires pour entrer dans une carrière quelconque ; ma femme, qui l'adore, ne le gâte cependant pas ; mais on reproche au papa d'être trop indulgent. Comme j'ai été le plus paresseux des enfants, j'ai de la peine à être sévère sur ce point. Pour tranquilliser Sophie à ce sujet, je lui cite un proverbe savoyard : « *Il ira à la messe avec les autres.* » C'est sûrement un de mes compatriotes ramoneurs qui l'a imaginé.

Je devrais m'excuser auprès de vous, chère enfant, sur mon long silence et sur l'inexactitude de notre correspondance avec vous, qui êtes toujours si exacte, non-seulement à répondre, mais qui avez eu souvent la bonté de me prévenir. C'est en vain que je voudrais vous le cacher et me le dissimuler à moi-même, je me sens devenir apathique et léthargique, malgré tous les efforts que je fais souvent pour me tenir éveillé. Dès que je suis seul, au lieu de penser à mes amis absents, je pense à ceux qui ne sont plus ; mon pauvre esprit, qui me racontait jadis mille balivernes dont j'aimais à vous faire part, ne me dit que de tristes souvenirs. Je me vois resté seul d'une nombreuse famille ; tous mes contemporains ont disparu ; je les ai vus sombrer l'un après l'autre dans cette mer sur laquelle ma barque fracassée surnage encore. Lorsque je repasse dans ma mémoire les événements passés, lorsque je cherche à me rappeler tant de visages bienveillants, ces sourires de sœurs, ces jours d'arrivée, ces chimères d'espérances pour un avenir qui n'existe plus que dans ma mémoire, alors je cherche autour de moi, et je ne trouve plus personne à qui je puisse dire : « *Te souviens-tu ?* » Tous les échos de ma jeunesse sont muets, et je n'entends plus que le bruit imperceptible de ma vie, dont le reste tombe goutte à goutte dans l'éternité.

Voilà, chère bonne Valentine, à quoi se passe mon temps, au lieu de vous écrire ; c'est ordinairement depuis quatre heures du matin, où le sommeil m'abandonne, jusqu'à neuf heures ou dix heures que je rêve ainsi mélancoliquement. Alors je recommence à sortir de cette triste léthargie ; Sophie, Arthur, Natalie, Gustave, me font entendre leurs voix chéries. L'obsession cesse et je remercie la Providence qui m'a laissé une portion de bonheur qu'elle n'accorde pas à tous les hommes de mon âge ; il n'y manquerait rien, si Valentine venait déjeuner avec nous. Votre présence me ranimerait, mon imagination reprendrait de la chaleur, ce serait quelque chose d'analogue à l'été de la Saint-Martin, qui fait croire qu'on est encore dans la belle saison quelques jours avant la gelée.

Vous avez écrit à Natalie que M. de Lamartine voudrait savoir si je suis aussi sévère que mon neveu dans le jugement que je porte sur son poëme. Malheureusement je ne l'ai pas lu, il n'en existe qu'un seul exemplaire à Naples, et je n'ai pas pu me le procurer ; mais, par ce que j'en ai vu dans les journaux, je ne vois que trop que cet ouvrage est contre toutes mes idées arrêtées depuis longtemps. La chose est toute simple, je n'ai pas changé et j'en suis encore aux belles pages des premières poésies du célèbre auteur. Déjà dans son livre de la *Politique rationnelle*, qui n'est pas de ma compétence, j'avais entrevu la nouvelle route dans laquelle il s'acheminait, en fait d'opinions religieuses. Il s'y déclare contre la suprématie du Saint-Père, il trouve que le saint-simonisme a une marche *parallèle* avec le christianisme. Dites-moi ce que cela veut dire, si cela veut dire quelque chose? Il a touché l'écueil sur lequel ont échoué beaucoup d'hommes supérieurs, précisément à cause de leur supériorité. Comme par la force d'intelligence que Dieu leur a donnée, ils comprennent une infinité de choses qui échappent au commun des hommes, leur génie orgueilleux s'irrite contre tout ce qu'ils ne peuvent concevoir, et la foi, la sainte foi, leur échappe. Par ce même travers d'esprit, de grands astronomes sont devenus athées, et des hommes éminemment religieux ont apostasié comme M. Lamennais. Déjà *Jocelin* a été mis à l'index par le Saint-Siége avec le *Croyant* de Lamennais.

Je ne puis vous exprimer le chagrin que j'ai éprouvé, en voyant le nom d'un ami qui m'a fait l'honneur de se déclarer mon allié dans l'épître

qu'il m'a adressée, de le voir, dis-je, décoré de
cette triste couronne! Que fera-t-il maintenant?
Poursuivra-t-il, comme Lamennais, les consé-
quences de cette abjuration publique de nos croyan-
ces? Poursuivra-t-il cette carrière politique, dans
laquelle sa loyauté ne peut lui faire jouer qu'un
rôle subalterne dans le chaos actuel, dans l'espérance de parvenir à ce que les Français appellent
le pouvoir, pour s'entourer de la gloire dont
rayonnent MM. Thiers, Guizot, Montalivet, etc.
Un grand poëte que Lamartine admire a dit :

> Non far tregua coi vili; il *santo vero*
> *Mai non tradir*, ne proferir mai verbo
> Che plauda un vizio.

Ne lui dites rien de tout ce que je vous écris à
ce sujet. Mon opinion aurait peu de poids et je
ne veux pas me brouiller avec un homme que j'aimerai toujours *quand même.*

Adieu, chère et bonne, je sais que Natalie vous
écrit encore aujourd'hui. Ma lettre a chômé quelques jours sur ma table. Je ne sais si je me trompe,
mais j'ai un pressentiment que nous nous verrons
à Castellamare dans le courant de 1837. Je ne
veux pas retourner en Russie sans vous revoir. Il
existe bien un projet de passage à Paris, mais
l'homme propose !!! dites mille tendresses à M. de
Marcellus de la part de tout le monde qui m'entoure.

LXVI.

A LA MÊME.

Castellamare, 17 août 1837.

NATALIE m'envoie d'Ischia une plume toute taillée pour vous écrire, chère bonne Valentine, sans doute d'après les plaintes que vous lui faites de mon silence prolongé. Cependant je n'ai pas été le dernier à écrire, je vous ai adressé depuis près de quatre mois une longue et triste lettre après la mort de mon dernier frère, à laquelle je n'ai jamais reçu de réponse. . . . . . Je suis tombé, depuis quelque temps, dans un état d'apathie inexpugnable; mon écritoire est desséchée et mes pinceaux mal tenus sont durs comme de la corne.

Cela ne m'empêche pas de vous chérir comme dans ma jeunesse, lorsque je n'avais que soixante ans, mais cela m'empêche de vous écrire; cela n'empêche pas non plus la belle nature de Castellamare d'être ravissante. Son aspect me ranime de temps en temps, et c'est dans ces moments que je me propose de commencer un paysage et d'écrire une lettre bien aimable à Valentine, mais pour le lendemain. Vous qui êtes l'activité personnifiée, vous ne pouvez pasvous faire une idée de ce malheureux état de l'âme humaine; ma bonne femme en souffre plus que moi-même.

Pour m'amuser et me réveiller, elle me lit les gazettes, impuissante ressource! J'écoute les nouvelles d'Espagne et les progrès de don Carlos avec attention et plaisir; mais dès qu'elle en vient à la chambre des Lords ou à celle des Pairs, je m'endors si profondément qu'elle n'essaie pas même de me tirer de mon assoupissement. Je ne sais si vous connaissez *personnellement* le petit Boccapianola que nous occupons. Cette maison ne vaut certainement pas le casino Acton que nous devions habiter avec vous. Mais il y a quelques avantages, entre autres une terrasse, jardin de plein pied avec le salon, bien ornée de fleurs et d'orangers, des petits sentiers escarpés dans la montagne qui mènent au grand Boccapianola, et qui font le bonheur d'Arthur. C'est surtout le matin à la pointe du jour que je jouis seul et en égoïste de ma terrasse.

La vue n'en est pas aussi étendue que celle qu'on a de la montagne, cependant je vois la mer, le Vésuve et les îles lointaines au-dessus des toits de Castellamare, dont les maisons sont elles-mêmes en grande partie cachées par un bois de très-grands citronniers, qui forment le premier plan du tableau.

Pour jouir de l'air de la campagne, surtout à Naples, il faut se lever de bon matin; personne ne le sait mieux que vous qui êtes toujours si matineuse, et pour de meilleures raisons que moi, car c'est ordinairement pour travailler que vous abrégez votre sommeil, au lieu que moi, c'est uniquement pour flâner que je quitte mon lit où le sommeil m'a déjà quitté depuis longtemps.

Depuis treize jours, nous ne voyons pas un nuage; rien n'égale la beauté, la fraîcheur de ces premiers moments de la matinée. La vapeur variable qui couvre à cette heure le Vésuve et les lointains, les présente chaque jour sous un nouvel aspect. La montagne célèbre semble tantôt plus près, tantôt plus éloignée, suivant que le voile opalin qui la couvre est plus ou moins transparent. Quelquefois l'air est si vaporeux qu'on ne distingue plus le ciel de la mer; les toits et les tours de la ville semblent borner l'horizon et se dessiner dans le ciel, jusqu'à ce qu'une voile blanche, frappée par le soleil levant, et qu'on avait prise pour un nuage, vienne déceler la présence de la mer presque aussi lumineuse que le ciel.

Pourquoi ne venez-vous passer quelques matinées avec moi sur ma terrasse? Vos yeux, meilleurs que les miens, seraient les premiers à découvrir la voile et les contours d'Ischia, de Procida. Vous verriez paraître dans l'éloignement et blanchir les palais de Naples; dans cette douce contemplation, vous oublieriez les chimères de Paris.

Mais le soleil commence à devenir chaud; rentrons, chère amie, on nous appelle pour le déjeuner, venez vous asseoir avec les meilleurs et les plus tendres amis que vous ayez en ce monde. Hélas! voilà bien un rêve! je ne me repens pas de vous l'avoir raconté; c'est la meilleure manière dont je puisse vous donner une idée juste de mes occupations journalières, qui ne sont autre chose que des rêves; ils ne sont pas tous aussi agréables que ceux qui me parlent de vous.

Je m'aperçois que je ne vous ai encore parlé que de moi, première charité envers soi-même, et je n'ai pris la plume que pour vous demander des nouvelles de votre santé. J'ai appris que vous avez toujours mal à vos beaux yeux; dites-moi de grâce ce qu'il en est, cela nous inquiète tous au dernier point. Que faites-vous donc à la campagne, chère enfant, sans pouvoir vous servir à volonté de vos yeux? Je crois que la peinture en plus grand que vous ne peignez ordinairement serait l'occupation qui vous fatiguerait le moins. Mes yeux se lassent facilement en lisant ou en écrivant, mais jamais en peignant, lorsque je puis le faire assez en grand pour me passer de lunettes. . . . .

. . . .

. . . .

J'ai si mal écrit ma lettre, parce que la plume de Natalie, venue dans une lettre, n'a que deux pouces de longueur et me tourne dans la main.

LXVII.

A MONSIEUR LE VICOMTE DE MARCELLUS.

11 novembre 1837.

VOTRE bonne lettre, mon cher ami, m'a donné le premier sentiment de consolation que j'aie éprouvé depuis mon malheur. On n'est jamais complétement malheureux, quand on a des amis comme vous, et je connais si bien toute l'étendue de votre amitié, que, sans le dire à personne, je m'attendais à vous voir venir au secours de vos amis malheureux ; ensuite la réflexion venait atténuer cette espérance.

Les mêmes raisons qui nous empêchent de quitter ce pays, où nous avons éprouvé tant de malheurs, pouvaient aussi vous arrêter et rendre inutiles les conseils de l'amitié ; enfin cependant votre lettre m'a rendu tout mon espoir ; je n'ose pas vous presser, je vous dirai seulement que votre présence et celle de Valentine nous rendraient la force et le courage que nous avons perdus ; l'idée seule de serrer dans mes bras de semblables amis, est déjà une vraie consolation.

Gustave vous marquera en détail nos projets ; nous passons l'hiver à Naples ; il eût peut-être été plus raisonnable de partir ; nous nous serions épargné bien des crève-cœur, en rentrant dans cette maison que nous avons habitée pendant plusieurs années, avec ce cher enfant, et qui maintenant nous paraît déserte. Tout ramène à cette idée, tout nous rappelle notre existence brisée et sans avenir.

Adieu, cher ami, merci pour le baume que vous avez versé, par vos lettres, sur l'incurable plaie de notre cœur.

LXVIII.

MADAME LA VICOMTESSE DE MARCELLUS.

Naples, 11 mai 1838.

Ne m'en veuillez pas, ma chère Valentine, si je vous écris si rarement; je me reproche souvent de répondre si mal à tant d'intérêt et d'amitié, pardonnez-le moi, je ne suis plus le même homme que vous avez connu et qui aimait tant à vous dire tout ce que son cœur et sa tête lui dictaient. Alors la vie me souriait, mon heureuse vieillesse s'avançait doucement sans crainte pour l'avenir, c'est qu'alors je ne savais pas que je devais mourir deux fois!

Ne croyez cependant pas que je me laisse abattre par le chagrin. J'aurais la force de le supporter s'il n'avait frappé que moi; j'aurais peut-être dû me résigner, mais je n'ai point de force contre les larmes de ma pauvre femme; sa douleur, sans cesse renouvelée par mille souvenirs qui nous entourent à Naples, semble s'accroître avec le temps; les affaires de son ménage, les amis qui viennent nous voir parviennent à la distraire quelques instants, mais lorsque nous nous retrouvons seuls, l'horrible vide se présente aussitôt. Nos tristes embrassements le font sentir plus vivement encore.

Il faut quitter Naples; jusque-là nous n'aurons aucun repos; mais le moment sera terrible. Malgré le malheur qui m'y a frappé, j'aime ce beau pays et je le quitterai avec regret. J'y finirais volontiers mes jours auprès du monument de mon cher Arthur.

Nos préparatifs sont presque achevés, je pense cependant que nous ne pourrons pas partir avant les premiers jours de juin, quoique le projet arrêté serait pour le 25 de ce mois. Nous n'avons aucun plan de fixé; nous irons à Rome où Sophie veut faire ses dévotions à la chapelle grecque; de Rome à Florence, puis Livourne demande un autre tribut de larmes. Là on se décidera pour le reste du voyage.

Comme ma belle-sœur veut retourner en Russie pour l'automne, je ne sais comment nous pourrons arranger notre *marche-route*. Elle veut voir Venise; de mon côté, je veux voir mes parents qui sont dispersés à Nice, Turin et Chambéry. Et ces autres parents de mon cœur, les Marcellus, quand les retrouverons-nous? Natalie sera la première à jouir de ce bonheur, puisque vous lui faites espérer de la venir voir à Aix où elle sera avant nous. Vous serez étonnée du changement qui s'est opéré en elle depuis quelque temps. Elle est engraissée d'une manière surprenante; son aimable visage n'y a rien perdu. Je ne l'ai jamais vue si fraîche, si colorée, mais sa taille en a souffert : elle a l'air d'une grosse maman, et les bonnes femmes ne manquent jamais de lui souhaiter un garçon! Vous trouverez aussi ma femme bien vieillie. Je ne sais comment elle peut résister à tant de chagrin, sa bonne constitution la sauvera;

j'espère et je compte beaucoup sur la distraction
et le mouvement du voyage. Elle parle souvent
de vous, et vous êtes pour nous tous une perspective consolante qui fait le sujet le plus ordinaire
de nos conversations.

Lorsque je vois les idées tristes, les cruels souvenirs troubler nos entretiens, je parle d'Audour,
de Paris, sera-t-il possible d'y passer l'hiver,
d'avoir un appartement près du vôtre? Alors les
cœurs s'apaisent, nous parlons de la bonne Eulalie, du marquis, de Délie, de plusieurs amis que
nous reverrons avec plaisir, les la Ferronnays,
Gontaud, et cependant ce sera bien triste de nous
présenter seuls! Les choses qui semblent éloigner
cette idée nous y ramènent toujours.

J'avais préparé pour vous une vue du chemin de
Quisilana, mais je ne puis plus m'en séparer maintenant. Tout ce qui rappelle Castellamare, ce pays
où j'ai été si heureux et si malheureux, sera toujours précieux pour moi. Natalie vous aura dit
que nous avons un portrait bien ressemblant
d'Arthur, ça été un vrai miracle. Vous ferez connaissance avec lui, car il ne ressemble plus à ce
qu'il était lorsque vous nous avez quitté. Voilà
tout ce qui nous reste de tant d'espérances!

Je vais finir ma lettre, c'est la dernière fois que
je vous parlerai de mes chagrins; aujourd'hui je
ne sais parler d'autre chose et je m'en veux de
n'être pas plus raisonnable. Adieu, chère enfant,
j'aurai de vos nouvelles par les Friesenhoff, car je
n'espère pas avoir de réponse à cette lettre avant
notre départ. Dites, je vous prie, mille choses ai-

mables à votre mari. Sophie vous embrasse tendrement l'un et l'autre.

Je vous écrirai encore avant de partir, pour vous raconter notre expédition à Palerme dans laquelle nos dames ont souffert de la fatigue sans mal de mer, malgré une nuit entière de bourrasque.

LXIX.

Communiquée par la famille Oudinot

A M. LE MARQUIS OUDINOT.

Naples, 1er juin 1838.

LE général Saluzze m'a remis depuis longtemps le livre que vous avez eu la bonté de m'envoyer, mon cher marquis. Si je ne vous en ai pas remercié jusqu'à présent, c'est que je voulais le lire avant de répondre à votre aimable lettre et je commencerai par vous dire combien j'ai été sensible à cette marque d'amitié de votre part, qui satisfait à la fois mon cœur et mon amour propre. J'ai donc lu avec le plus grand plaisir ces recherches sur les forces militaires des différents états de l'Italie, en admirant comment vous avez pu recueillir les immenses détails que contient votre ouvrage. Je pense que vous y travaillez depuis longtemps et je vous félicite d'en être venu à bout avec tant de succès. Les Napolitains vous sauront gré, sans doute, d'avoir combattu les préjugés qui pèsent

injustement sur leur [puissance] militaire. Quoique
j'habite Naples depuis plusieurs années, votre livre
m'a appris plus de choses que je n'en aurais probablement vu en y passant le reste de ma vie, mes
occupations et mes idées se trouvant tout à fait
en dehors de semblables études ; mais j'ai trouvé
les précis historiques de chaque état fort intéressants et très à propos avant d'entrer en matière.
Vous comprendrez facilement que celui du Piémont
m'a particulièrement intéressé. Je ne puis en aucune manière être juge de ce qu'on y fait maintenant et qui diffère sans doute beaucoup de la
constitution militaire qui existait de mon temps.
Quarante ans se sont écoulés depuis mon départ
du Piémont, et je n'ai fait pour ainsi dire que
changer de chevaux en y passant pour venir en
Italie. Mais j'ai une observation à vous faire sur
la succession de nos derniers princes de la branche
éteinte. Charles-Emmanuel IV, qui a succédé à
Victor-Amédée, était fils aîné, et non puîné, de ce
dernier ; il était presque aveugle et n'a jamais été
militaire ; c'est le duc d'Aoste, son successeur, sous
le nom de Victor-Emmanuel, qui fut capitaine
général et qui avait pris une part active aux événements précédents. Vous trouverez mon observation
de peu d'importance, mais j'ai trouvé un passage
sur la Savoye que mon cœur Allobroge n'a pas
approuvé et au sujet duquel je ne puis être de
votre avis, c'est celui où vous dites que la Savoye
vit avec chagrin son retour sous la domination
de ses anciens souverains. L'attachement et la
fidélité des Savoisiens pour la maison de Savoye

est trop connue pour avoir besoin de preuves. La
circonstance de la demande faite par la Savoye de
faire partie de la République française ne peut
être d'aucun poids après l'envahissement. On sait,
de reste, ce que valent les adresses et les vœux
soi-disant nationaux sous l'empire du plus fort;
mais une preuve de meilleur aloi des sentiments
du pays, est, qu'au moment de la Restauration,
des députés de la noblesse et de la bourgeoisie
savoyarde, avant le retour du Roi, furent envoyés
à Paris pour obtenir des Alliés la restitution de la
partie de la Savoye qui avait été donnée à la
France. Lors de l'insurrection des *Trente jours*
en Piémont, la Savoye resta tranquille et la bri-
gade de Savoye qui se trouvait à Alexandrie,
chassa son colonel St-Régis, qui voulait la faire
entrer dans la citadelle avec les révolutionnaires,
et traversant le Piémont insurgé, se rendit en Savoye sans laisser un homme en arrière. Enfin vous
avez vu dernièrement le résultat de l'entreprise du
général Ramorino qui, sans avoir rencontré aucun
obstacle, après s'être promené sur le territoire de
Savoye, fut contraint de l'évacuer, vaincu par l'opinion du pays et par le ridicule, n'ayant trouvé
dans le pays ni amis ni ennemis. Vous allez rire
sans doute, mon cher général, de mon patriotisme,
et vous ne m'en voudrez pas. Je suis du pays des
ramonneurs; vous connaissez leur fidélité à toute
épreuve; leur apologie m'a entraîné et je me vois
avec surprise à la fin de ma quatrième page.

J'ai daté de Naples par habitude et je vous écris
de Castellamare où le nouveau et le vieux ménage

sont réunis dans le petit Boccapianola près du théâtre. Là nous pensons souvent à la société française qui nous [a] abandonnés et que personne ne saurait remplacer. Ma femme et Natalie vous offrent leurs amitiés, veuillez parler de moi à l'excellente marquise et me rappeler aussi au souvenir de l'aimable Délie. Croyez, cher, à l'attachement sincère de votre serviteur et ami.

LXX.

A MADAME LA VICOMTESSE DE MARCELLUS,

Nice, 22 juillet 1838.

Je ne conçois pas comment vous ne me haïssez pas mortellement pour mon ingratitude, chère Valentine. Je réponds bien mal à votre amitié. Voilà bientôt une semaine que j'ai reçu votre aimable lettre et je n'y ai point encore répondu et la poste part tous les jours ! C'est peut-être pour cette raison que l'on renvoye plus facilement au lendemain. Je suis au milieu d'une charmante famille qui me laisse rarement à moi-même et dont tous les individus m'entourent de soins et de prévenances. Cela ne m'empêche pas de penser à vous et d'envier Natalie. Elle écrit que vous partirez d'Aix vers le 12 août.

Notre projet est de quitter Nice le 1er; ainsi en calculant le temps du voyage et du séjour de

Turin, il sera bien difficile que j'arrive à temps pour vous voir avant votre départ. Je m'en dédommagerai à Audour, car je pense que ce plan favori n'a pas changé, et si ce n'est à Audour, ce sera à Paris ; alors seulement je me croirai au repos, car il me semble toujours être en voiture et je n'ai rien déballé de mes petits meubles. Nos soirées sont assez tristes à cause de visites de personnes inconnues qui se croient obligées de venir voir les parents du Gouverneur.

Hier, nous avons fait une douzaine de visites à l'heure de la promenade pour payer leur politesse et nous n'avons trouvé personne. La chaleur est excessive et telle que je n'en ai point éprouvé de semblable à Naples ; cela m'abat et me fatigue le jour et m'ôte le sommeil pendant la nuit ; il en résulte qu'après avoir passé une nuit blanche, je suis assoupi le lendemain pendant toute la journée et je deviens le plus insipide personnage que vous ayez jamais rencontré. Je vous en préviens, afin que vous en preniez votre parti lorsque nous serons à Audour.

Par tout ce qu'il nous est permis de prévoir, il paraît que ma belle-sœur nous quittera à notre arrivée à Chambéry pour retourner en Russie avant la mauvaise saison. Lors donc que j'aurai passé quelque temps avec mes neveux, nous serons libres d'aller partout où vous voudrez et le reste de l'an *sera tout à Zaïre*. Peut-être le plaisir de vous voir et de connaître *Babylone* me tirera-t-il de mon apathie, peut-être le retour de la saison tempérée ou froide me rendra-t-il les forces qui

m'ont abandonné depuis mon départ de Naples,
je veux au moins l'espérer. Natalie vous dira que
je n'exagère pas ma piteuse situation physico-mo-
rale.

Écrivez-moi encore de grâce avant de partir,
en adressant la lettre à Turin, poste restante, ou à
mon neveu de Buttel. J'ai besoin que vous m'en-
couragiez. Donnez-moi des nouvelles de votre bon
mari et du résultat des bains pour ses rhuma-
thismes. Dites à Natalie que je l'aime chaque
jour davantage depuis notre séparation, parce que
je vois qu'elle est un objet de *première nécessité*.
Embrassez Gustave et M. de Marcellus. Adieu
bonne, très-bonne, je vous embrasse aussi de toute
mon âme.

Sophie vous dit mille tendresses. Elle désire
presque autant que moi revoir une si bonne amie
et vous êtes le sujet de toutes nos conversations.
Vous verrez si vous êtes chérie. Adieu.

LXXI.

A LA MÊME.

Paris, 6 novembre 1838.

JE crains beaucoup, chère Valentine, que dans
la première lettre que je recevrai de vous, vous
ne changiez le nom de bien bon que vous m'avez
donné jusqu'ici en celui de bien mauvais, ce qui
m'affligerait bien, quoique je suis obligé d'avouer

que je le mériterais. Je ne vous dirai pas même
pour m'excuser que mon retard à vous exprimer
toute ma reconnaissance a été causé par les embarras de l'arrivée et de l'emménagement, car je
ne m'en suis pas mêlé ; c'est ma pauvre femme
avec Natalie qui ont visité une centaine de maisons
sans rien trouver de confortable, rien et absolument rien dans tout le faubourg Saint-Germain ; partout des prix à faire reculer. Enfin, dans leur désespoir, elles ont arrêté une maison dans la rue
Duphot, n° 8. Les Friesenhof sont au 3me étage et
nous au premier. C'est un grand désagrément
qu'il n'a pas été possible d'éviter. Je suis sûr que
nos jeunes gens vous en parleront plus au long.
Nous payons 1100 francs par mois. Ainsi notre
espoir d'être près de vous s'est évanoui après cinq
jours entiers passés à l'auberge. Si nous étions
arrivés quelques jours plus tôt, nous aurions eu
meilleure chance, car partout où l'on se présentait
d'après l'indicateur du bureau d'adresse, on appre-
nait que la maison était prise de la veille ou de
l'avant-veille. La grande difficulté est toujours
pour les domestiques, pour lesquels on ne trouve
de chambres nulle part; on les envoie au grenier,
où ils auraient tous gelés pendant l'hiver, et vous
savez que les nôtres sont nombreux et un peu
gâtés. Enfin nous avons trouvé à peu près ce qu'il
nous faut.

Je ne puis rien vous dire sur la ville de Paris,
car je n'ai presque rien vu encore. Le bon marquis Oudinot, profitant d'un rayon de soleil, nous
a fait faire une promenade assez longue à Friesen-

hof et à moi, pendant laquelle mes pauvres jambes
ont eu bien de la peine à me faire honneur. J'en
ai fait une autre en allant voir M. de Forbin et
Granet, sous la conduite de M. de Pastoret. J'ai
donc une idée générale et un peu confuse des
beaux quartiers de Paris. Dès que nos dames auront fait leurs emplettes, je pourrai épargner mes
jambes et aller flâner dans une voiture que nous a
procurée M. Oudinot, qui met à nous choyer et à
nous obliger toute l'activité et le succès qu'il a eus
dans de plus difficiles circonstances. Je ne veux
rien voir dans les musées, ni à Versailles, sans vous.
M. votre père m'a fait un bien bon accueil. Je
venais d'Audour, il ne pouvait en être autrement.
Il m'a beaucoup demandé des nouvelles de vos yeux
et de vos occupations. « Je ne lui ai pas fait de si
beaux yeux pour la faire souffrir, » m'a-t-il dit dans
son style de gaieté. Je l'ai trouvé très-bien portant.
Il est beaucoup plus gros que la dernière fois que je
l'ai vu, mais toujours bel homme ; il m'a ensuite
fait voir son atelier, où j'ai vu de très-belles choses.
Il y a six ou sept grands tableaux très-remar-
quables. J'ai été avec lui dans l'atelier de Granet
qui est toujours Granet ! J'y ai trouvé, entr'autres,
un tableau représentant une scène d'*Hernani* de
Victor Hugo, qui, à mon avis, est supérieur à
celui des *Capucins* qui a fait sa réputation. J'en
suis revenu tout enthousiasmé. Ce tableau a déjà
été à l'exposition, mais il n'était pas fini ; maintenant c'est un véritable chef-d'œuvre.

Nous n'avons encore vu personne que les amis
de Castellamare, pas même les Stakelberg. Ma

femme et Natalie sont obligées d'attendre le bon
vouloir des tailleuses pour se présenter décemment.
J'en puis dire autant pour mon compte, car j'ai
encore sur une manche de mon meilleur habit une
partie du ciel de ce paysage que j'ai fait à Audour.

M. Oudinot, qui sort de chez nous, vient de nous
apprendre que vous avez une fluxion sur les dents;
cela nous a troublés par le chagrin que nous
donnent vos souffrances, et par la crainte que cette
indisposition ne retarde votre départ d'Audour;
heureusement M. de Marcellus va mieux et dès que
vous pourrez prendre la plume, vous nous donnerez les meilleures nouvelles du ménage. Je pense
que vous êtes perdus dans le brouillard, à l'heure
qu'il est, dans vos Alpes mâconnaises, mais vous ne
gagnerez pas beaucoup sous ce rapport en venant
ici. Bon Dieu! quel climat, chère enfant! et combien on en sent toute la rigueur en venant de
Naples et de Nice. Je n'ai encore vu que de la
boue; les trottoirs même, quoique bien balayés, ne
sont jamais secs. Les Parisiens sont de véritables
amphibies. Je me suis abonné au cercle, mais ce
sera pour novembre seulement, car je n'y ai été
qu'une fois et je ne continuerai pas cet hiver, voulant mieux employer mes soirées, s'il est possible.

Venez donc vite, nous ne nous croirons à Paris
que lorsque vous y serez et Paris prendra même
un faux air de Naples. Adieu.

LXXII.

A M. LE VICOMTE DE MARCELLUS.

19 novembre 1838.

L es dernières nouvelles que nous avons reçues de votre santé, cher et excellent ami, nous ont donné de vives inquiétudes, non sur les suites que votre indisposition passagère peut avoir, mais sur le retard qu'elle occasionnera peut-être à votre retour à Paris. Je crois cependant, qu'à moins d'une impossibilité absolue, vous ferez sagement de braver les souffrances du voyage et de vous jeter au plus tôt, bien enveloppé, dans votre voiture pour venir auprès de vos amis. J'ai le pressentiment que le changement seul de situation vous sera favorable et que vous laisserez en chemin ce triste rhumatisme. Surtout, ne vous laissez pas décourager, chassez les idées mélancoliques, pensez aux filles de Chio, à l'Orient, dont les charmantes descriptions m'ont enchanté et tâchez d'oublier les tracasseries et l'égoïsme de l'Occident. Audour doit être bien froid et un peu triste après tant de mouvement, après le départ de tant d'amis que la sympathie y attirait et qui se renouvelaient sans cesse pendant la belle saison.

Les fleurs sont desséchées, les bois dépouillés, les pommes de terre sont extraites, et ces intéressants animaux, dont la prospérité vous fait tant d'honneur, ont déjà acquis tout l'embonpoint qu'ils doivent à vos soins délicats. Venez donc, vous verrez comme vous serez reçu et quelle place vous occupez dans le cœur et dans l'esprit de vos amis. Ma femme a écrit à Madame de Marcellus et a déjà envoyé la lettre à la poste sans m'avertir. Je finis la mienne ici, afin qu'elle vous [arrive] en même temps et avant votre départ d'Audour. Je n'ai rien vu encore, je n'ai pas fait une seule connaissance. Adieu, conservez-vous.

LXXIII.

Le 4 avril 1839.

J'AVAIS déjà trouvé et lu *Jocelyn* dont je n'avais eu connaissance que par des fragments et des critiques dans quelques journaux ; nous en parlerons . . . . . . Vous avez lu dans les journaux la fin tragique de M. Pouchkine et vous savez que sa femme est nièce de la mienne. Ces tristes nouvelles n'ont pas peu contribué à augmenter le mal qui est venu tomber sur nous par la maladie de Sophie Elle en a été vivement affectée ; c'est une horrible histoire, dont nous ne connaissons pas même exactement le fond. On ne reproche rien à la pauvre veuve, dont tout le malheur est venu d'être trop belle et trop courtisée. Le mari était une tête chaude, son adversaire un mauvais sujet ; personne n'était réellement amoureux, l'amour-propre blessé a tout fait. Elle est partie pour la campagne avec ma belle-sœur Catherine, qui est toujours prête à se sacrifier pour les autres. Nous avons reçu de ses nouvelles de Moscou, qui ont fait grand plaisir à Sophie. Vous aurez vu dans les papiers que l'Empereur a donné mille roubles de pension à la veuve, il a en outre dégagé une terre engagée à la couronne et ordonné une édition des œuvres complètes du grand poëte dont le profit sera pour elle.

Nous voilà avec les L*** comme auparavant ; ils font beaucoup de frais et sont très *tendres* avec nous. Leurs bons procédés ressemblent à ces bonnes odeurs dont se parfument les gens qui sentent mauvais ; en se tenant à une certaine distance, et avec de la philosophie, c'est du réséda . . . .

. . . .

Parlons maintenant de *Jocelyn*, de ce singulier roman. Je ne sais si le jugement que j'en porte tient à mon âge avancé et à mes anciennes idées, qui ne peuvent être modifiées par les idées nouvelles, mais le héros ne m'intéresse pas. Je trouve plus que de l'inconvenance dans ce mélange d'idées religieuses et d'amour profane, et souvent même voluptueux, qui est le fond du livre. Je ne suis pas scrupuleux et j'ai lu souvent avec plaisir l'histoire de deux amants, lorsqu'elle est naturelle et bien conduite, mais un prêtre amoureux, qui passe sa vie sans se décider entre Dieu et une jeune fille, comme l'âne de la fable entre deux bottes de foin égales, me paraît un sujet de poésie bien malheureux. Je doute que vous n'ayez été frappée comme moi de l'étrange rapprochement que *Jocelyn* fait de ses souffrances avec celles de la passion de *Jésus-Christ*; *Jocelyn* a aussi son *Calvaire* et son *Gethsemani*. Si cela n'était pas répréhensible, ce serait toujours du plus mauvais goût. Il n'y a pas jusqu'à notre premier père qui ne soit évoqué. *Jocelyn* trouve que l'exil d'Adam, chassé du paradis terrestre, était bien moins cruel que le sien; Adam pouvait *déposer ses douleurs sur des lèvres aimées!* Que pensez-vous de ces baisers antidiluviens tirés de la Genèse? Que dites-vous de la diatribe contre les Papes? Luther et Calvin ont sûrement applaudi sur les bords du Léthé, car l'auteur ne veut sans doute pas qu'ils soient dans l'enfer, puisqu'il pense comme eux. Enfin, si vous ôtez de ce livre les morceaux d'inspiration, tout ce qui est lyrique, aucun de ses ouvrages ne contient autant de phrases obscures, de mots hazardés dans une acception inconnue. Je citerai un vers seulement :

> L'air que tu respirais dans ta chaste poitrine
> Ne fut-il pas neuf mois celui de ma narine?

En lisant cette affreuse *narine*, j'ai fermé le livre. Il est évident que si la rime l'avait exigé, *Jocelyn* aurait respiré par ses naseaux dans la *poitrine* de sa mère; l'un vaudrait l'autre. Cela fait pitié! Et quand on pense que ce livre est sorti de la plume du plus grand poëte du siècle, du poëte religieux par excellence, on ne peut que gémir sur le changement qui s'opère aujourd'hui dans les idées des auteurs et dans celles des personnes qui les goûtent et les approuvent. En résumé, le sujet a été mal choisi, et tout le talent de l'auteur n'a pu rendre bon ce qui est mauvais en soi-même . . . .

LXXIV.

Tirée de l'édition des Nouvelles genevoises.
(Charpentier 1839).

LETTRE A L'ÉDITEUR.

Paris, 3 avril 1839.

JE reçois à l'instant les exemplaires de la nouvelle édition de mes œuvres que vous avez la bonté de m'envoyer, ainsi que l'aimable lettre qui les accompagne, et je m'empresse de vous en témoigner toute ma reconnaissance. Parmi les jouissances nombreuses et inattendues que j'éprouve en arrivant à Paris, mon amour-propre ne peut qu'être infiniment flatté, non-seulement de cette élégante publication qui va donner un prix à ces opuscules, mais aussi de les voir annoncés par vos soins dans les journaux comme tenant une place honorable dans la littérature française, faveur à laquelle j'étais bien loin de m'attendre. Etranger à la France, où je viens pour la première fois à la fin de ma carrière, vous comprendrez faciment ma surprise.

Il y a maintenant plus de quarante ans que mon premier essai, le *Voyage autour de ma chambre*, fut publié à Lausanne; les autres parurent vingt ans plus tard. Pendant ce long espace de temps, j'ai vécu en Russie et en Italie, où je n'entendais guère parler d'eux. Vous voyez que j'ai eu tout le temps de les oublier, et j'ai pu croire qu'ils l'étaient aussi de tout le monde : c'est donc, à mes yeux, une véritable résurrection que vous avez opérée.

Vous m'invitez, Monsieur, dans votre lettre, à composer quelque nouveau chapitre pour augmenter le trop léger volume de mes œuvres, qu'on a décoré depuis longtemps du titre d'*œuvres complètes*, dans la prévision sans doute qu'elles n'auraient pas de suite; j'en ai ratifié de bon cœur l'augure. Je sais bien que la fécondité accompagne ordinairement le talent, et je devrais envier cette prérogative qui m'a été refusée, mais aussi combien d'auteurs célèbres ont trop écrit!

Il en est plus de trois que je pourrais nommer.

Cette considération et mille autres plus fortes encore s'opposent au désir que j'aurais de vous satisfaire sur ce point. Le temps pèse sur moi; comment retrouverais-je aujourd'hui le fil léger qui me conduisait jadis dans les *voyages* dont vous venez de publier la description? Il est trop tard ! Il faudrait pour cela me renfermer de nouveau dans ma chambre, et j'ai tant de choses à voir hors de chez moi, que je ne pourrais jamais m'y résoudre. Si même j'entreprenais d'écrire les

observations de tout genre que je puis faire à
Paris, vous sentez bien qu'en gardant une juste
proportion avec celles que j'ai faites autour de ma
chambre, plusieurs volumes in-folio ne suffiraient
pas pour les contenir. Il me serait plus facile de
vous parler de Naples, d'où j'emporte tant de regrets, du Vésuve, du beau climat d'Italie, qui
contraste si fort avec la pluie et le brouillard qui
m'ont accueilli à mon arrivée ici. Le temps est
beau maintenant, me direz-vous; mais en em-
ployant à écrire le peu de temps qu'il m'est donné
de rester à Paris, je répondrais mal au procédé de
quelques amis qui me font sentir vivement le bonheur que j'ai eu de les connaître à Naples; ce
serait méconnaître aussi celui que j'éprouve en
général de vos indulgents compatriotes.

Ainsi, lorsque j'aurai satisfait, autant qu'il me
sera possible, aux devoirs de l'amitié et de la
reconnaissance, je me contenterai de parcourir
Paris dans tous les sens, pour le plaisir de mes
yeux. Faut-il vous le dire, Monsieur? Je veux
flâner à loisir. J'ai déjà vu le musée du Louvre ;
le panorama de Paris s'est développé devant moi
du sommet des tours de Notre-Dame ; j'ai fait le
tour de la Grande colonne que sa masse a défendue contre l'orage qui renversa la statue. La voilà
cependant à sa place, la formidable figure ; elle y
est remontée d'elle-même sur les ailes de la gloire.
Paris me paraît un vaste musée où l'on peut
s'amuser et s'instruire, sans autre peine que celle
d'ouvrir les yeux et de regarder. Toutes les merveilles que les sciences, les arts et l'industrie

peuvent produire sont exposées aux yeux et semblent venir au-devant de l'observateur.

En passant auprès d'une librairie, je n'ai pas besoin d'entrer ni de demander le catalogue : les livres sont là rangés avec ordre, je peux en lire les titres, je pourrais les prendre et les ouvrir sans la glace transparente qui les couvre sans les cacher ; les parapets des quais et des ponts en sont couverts ; d'ailleurs, ne voit-on pas annoncés partout en énormes caractères les chefs-d'œuvre de la semaine qui recouvrent ceux du mois passé?

Combien d'aimables invitations écrites en lettres d'or me sollicitent dans mes courses! Combien de découvertes à faire dans une promenade sur les boulevards! Mais c'est surtout le soir, lorsque je passe en voiture le long des riches magasins et des cafés resplendissants de lumière, que je jouis d'un spectacle nouveau dont je n'avais aucune idée. Tout ce que le génie du luxe et de l'industrie a su imaginer pour le plaisir et l'utilité du monde entier passe successivement devant moi à mesure que j'avance ; la glace de ma voiture devient un véritable kaléidoscope, une suite de tableaux merveilleux qui me donne une haute idée de la richesse et de l'ingénieuse activité des habitants; et je garde jusque dans mon sommeil de la nuit l'impression de ces mille soleils que le gaz a fait briller de toutes parts à nos yeux éblouis.

Cependant, lorsque je veux me donner une jouissance complète et toute de mon goût dans mes excursions, ce ne sont pas les grands monuments ni les inventions modernes que je recherche de préférence, ce sont plutôt les hommes et les choses qui ne sont plus, et que l'histoire et les voyageurs m'ont fait connaître dans les anciennes descriptions de Paris ; je puis, de cette manière, comparer le passé au présent ; je m'informe de la rue où logeait madame de Sévigné, de celle d'où partait Racine pour se rendre au passage du Roi ; je veux connaître la maison de Boileau, celle de Bossuet, celle enfin de tous les écrivains célèbres qui m'ont appris à lire et à parler.

J'aime à me perdre au Marais, où demeurait autrefois la belle société ; j'évite le Panthéon, mais je regarde avec plaisir de loin la coupole de Sainte-Geneviève, votre patronne qu'on a exilée ; je passe rapidement sur le quai Voltaire, mes regards fixés sur la Seine ; enfin, longeant le fleuve, j'arrive un peu fatigué au Palais-Bourbon : c'est là que se trouve la Chambre des députés — c'est le Vésuve !

A cette idée de Vésuve je sens battre mon cœur, mes yeux cherchent le ciel d'Italie et le beau soleil qui rayonne sur l'heureuse Parthénope. Il faut l'oublier, mais, pour y parvenir, il faudrait cesser de vivre. Naples ! Naples ! pays d'enchantements, reçois d'ici mes tristes et derniers adieux ! — Adieu à jamais !

Quelques gouttes de pluie m'avertissent que ma promenade est terminée, des nuages sombres menacent dans l'éloignement ; je reviens au logis, et, pour me distraire des émotions qui m'ont troublé, je récite tout bas une fable de La Fontaine.

J'irais volontiers passer la soirée dans un des

cercles où se réunissent tant d'hommes distingués; les Parisiens sont si affables qu'ils m'y recevraient sans peine : mais les femmes n'y sont pas admises, et que faire dans un cercle sans elles, à moins de parler politique! Or, je vous confierai entre nous que j'ai une telle inaptitude pour cette science, qu'un des hommes les plus patients que je connaisse s'est vainement donné la peine de m'expliquer tout au long ce qu'il faut entendre par un doctrinaire, par le centre gauche, le juste milieu, la coalition, etc., dénominations nouvelles pour moi, qui retentissent à mes oreilles depuis mon arrivée en France. Eh bien, Monsieur, je n'y ai rien compris. Il en est résulté dans ma tête faible un mélange confus, un chaos aussi incohérent que celui qu'on observe journellement dans la Chambre elle-même des députés.

Vous parlerai-je encore d'une autre difficulté qui m'empêche d'écrire aujourd'hui? Je trouve une si grande différence entre les idées que je m'étais faites dans ma jeunesse sur la littérature et celles que je vois adoptées maintenant par les auteurs jouissant de la faveur publique, que j'en suis déconcerté ; je les admire souvent, souvent aussi je ne les comprends pas : je vois des mots, des expressions bizarres et dont je ne puis pas saisir le sens. Que s'est-il donc passé pendant le long séjour que j'ai fait dans le Nord? Me faudra-t-il apprendre une nouvelle langue dans mes vieux jours? Je n'en ai pas le courage.

J'espère, Monsieur, vous avoir persuadé de l'impossibilité où je suis d'ajouter quelque chose à

mon petit recueil; cependant le désir que j'ai de
répondre à votre bonne intention m'engage à vous
envoyer des opuscules que je viens de recevoir,
et qui pourraient faire suite aux miens. Ne pouvant vous offrir des ouvrages que je n'ai pas eu la
possibilité de faire, je vous recommande ceux-ci
que je voudrais avoir faits. Je ne connais pas l'auteur, M. Töpffer de Genève, autrement que par
le plaisir que m'a donné leur lecture, et je suis
sûr que vous le partagerez ainsi que vos lecteurs,
si vous les publiez; vous pouvez sur tout les recommander aux lecteurs qui, se trouvant encore
sous l'impression de quelques-uns des drames terribles du moment, voudraient se reposer agréable-
ment au moyen d'une lecture qui les fera presque
à la fois sourire et verser de douces larmes.

LXXV.

A LA VICOMTESSE DE MARCELLUS.

Nancy, 28 avril 1839.

. . . .

. . . .

J E suis on ne peut plus content de cette ville,
l'auberge y est excellente, et le café parfait.
Natalie assure qu'elle n'en a jamais pris d'aussi
bon qu'à Nancy, c'est probablement une tradition
de Stanislas, car on fait le café à merveille en
Pologne. Je vous dirai encore, à vous qui vous

intéressez à mes succès que j'en ai un remarquable ici pour mon *Lépreux*.

Une vieille dame, complétement sourde et aveugle, veut absolument me voir et m'entendre, et on l'invite aujourd'hui à dîner chez M. Dumontay pour lui donner cette satisfaction. Quoiqu'elle soit, dit-on, fort ennuyeuse, vous connaissez assez le cœur humain pour être sûre que je la trouverai charmante.

Natalie prétend que c'est une demi-calomnie, parce qu'elle n'est qu'aveugle et non point sourde, ce qui serait beaucoup moins flatteur pour moi.

Mettez-moi aux pieds de l'excellente Eulalie. Embrassez, je vous prie, bien tendrement son mari et le vôtre, et n'oubliez pas le *Voyage en Orient*..... Parlez souvent de moi avec la bonne marquise; lorsque vous n'aurez rien de mieux à dire, dites-vous l'une à l'autre combien nous vous chérissons. Ne soyez pas en peine de ma santé, je me porte à merveille; cette certitude jointe à l'espoir de vous revoir encore me soutient et m'aidera à braver les difficultés de la vie. Tout n'est pas perdu, lorsqu'on aime et qu'on est aimé par des personnes qui ressemblent aux deux amies que nous avons laissées à Paris.

Adieu donc encore, on m'emmène, sans quoi je ne finirais pas.

LXXVI.

A MONSIEUR LE MARQUIS OUDINOT.

Vienne, 3 juin 1839.

MILLE remerciements, mon cher marquis, pour votre bonne lettre. Quoique vous m'ayez accoutumé aux preuves de votre amitié, j'ai été vivement touché en recevant cette aimable épître qui m'a rattrapé en chemin, comme pour m'aider à supporter ce long et triste voyage qui, cependant, a été matériellement heureux.

Jusqu'ici un court séjour à Nancy et à Munich nous a même été agréable. Nous avons trouvé dans cette dernière ville des amis, anciennes connaissances de Castellamare, qui nous ont fait voir dans le plus grand détail toutes les merveilles des arts que le roi de Bavière accumule à grands frais dans sa capitale.

A Vienne, nous retrouvons encore des amis de Castellamare qui nous comblent d'amitié dans leur patrie ; il paraît que les amitiés contractées sous le beau ciel de Naples ont quelque chose de plus solide et de plus stable que partout ailleurs. J'avais déjà fait souvent cette réflexion, en revenant à Paris, de la rue Bourgogne ou de celle de Las-Cases.

Nous sommes lancés dans la haute aristocratie de Vienne, qui est toute concentrée dans l'espace

exigu des fortifications, ce qui en fait une petite ville
où tout le monde se connaît, et où l'on est bientôt connu de tout le monde, ce qui entraîne des
présentations *indispensables* sans nombre, et par
suite, des visites sans fin. Ce courant, auquel il
faut céder, nous a même porté chez le prince
Metternich où nous avons dîné.

Quand je dis *cédé* au courant, je dois avouer
que j'ai un peu aidé en m'y livrant volontaire-
ment. J'étais désireux de connaître ce personnage
dont j'ai tant ouï parler depuis trente ans. Je l'ai
trouvé plus vieux que je ne m'y attendais, et
rien dans sa physionomie, ni dans son regard n'a
répondu à l'idée que je m'en étais formée. Il
conte fort longuement des anecdotes qui ne prou-
vent que sa grande mémoire, et qui ne le connaî-
trait pas le prendrait pour un bonhomme au
premier aperçu ; cependant il n'a rien perdu de
sa capacité pour les affaires, et il est toujours
empereur de fait, quoi qu'en dise le *Charivari*,
dans lequel vous aurez lu un article des plus ridicules sur son compte et sur celui de la princesse. Celle-ci est fort jolie et très-heureuse : ses
enfants sont charmants.

En vous disant qu'il est empereur de fait, ce
n'est que pour son ministère, car il y a trois
empereurs, sans compter celui qui ne compte pas.
Metternich. — Kolowrat, — et Clam. Malheureusement ils ne sont pas d'accord entre eux.

La chose va, parce que c'est une machine bien
montée et elle ira longtemps ; mais s'il arrive
quelque secousse qui exige de la force et de la

résolution, le vieux échafaudage pourrait fort
bien s'écrouler faute d'ensemble; au reste, on est
encore bien loin de votre perfection parisienne.

J'espère que vous êtes tranquilles maintenant,
au moins pour quelque temps. Il me semble que
l'on pourrait trouver le fil de ces conjurations au
moyen des blessés et des prisonniers, et qu'il
faudrait sévir, mais, si ceux qui (vont) instruire de
l'affaire et la juger sont aussi du parti de la
conjuration, que deviendrez-vous?

Cher ami, ne vaudrait-il pas mieux profiter de
l'occasion pour conduire la marquise en Italie et
laisser passer la tempête, puisqu'aussi bien vous
n'êtes pour rien dans la conduite du vaisseau
qu'elle menace d'engloutir.

J'ai écrit, il y a quelque temps, à Mme Eulalie
une lettre dans laquelle je m'avisais de lui donner des conseils que je croyais bons, pour l'en-
gager à faire un voyage, et à se prêter aux distractions qui se présentent naturellement.

Rien de plus facile que de donner des conseils,
et rien de plus difficile que de les suivre.

Quoi qu'il en soit, j'espère qu'elle verra seulement, dans tout ce que je lui dis, mon attachement bien sincère, lors même qu'elle ne serait
pas de mon avis. Notre départ est fixé au 10 du
courant; nous passerons par Varsovie. J'espère
qu'avant la fin du mois, nous arriverons sur les
bords de la Néva, belle rivière qui a le grand
défaut d'être trop éloignée de la Seine.

Jusqu'à présent notre santé est assez bonne. Je
me défends de mon mieux contre les rhumes, qui

sont indigènes à Vienne. Natalie est de toute la
caravane celle qui paraît la plus malade et ne
peut être radicalement guérie que dans neuf mois.
Deux des neuf sont, je crois, écoulés, et l'on ne
sait point encore si l'enfant qui doit voir le jour
est un Français ou un Allémand.

Adieu, cher marquis, ma femme vous embrasse
ainsi que la marquise; rappelez-nous au souvenir
de M. et Mme de Lauriston, et tout cela de la
part aussi des Friesenhoff. Ce dernier ne se sent
pas de plaisir de se voir bientôt père de famille.
Oserais-je aussi vous prier de parler de moi à
l'excellent comte Pastoret, à la comtesse et à
Mme sa mère? Je ne puis oublier l'aimable accueil
que j'ai reçu dans cette noble famille.

Adieu encore, recevez le témoignage de l'affection sincère de votre serviteur et ami.

LXXVII.

A LA VICOMTESSE DE MARCELLUS.

Le 18 juillet 1839.

POURRA-T-ON jamais vous aimer et vous
bénir assez, chère bonne Valentine, pour votre constante et inébranlable amitié? Vos amis ont
beau vous maltraiter, être négligents à vous répondre, vos aimables lettres arrivent toujours de
temps en temps :

Le Dieu, poursuivant sa carrière,

Verse des torrents de lumière
Sur ses obscurs blasphémateurs.

La dernière que j'ai reçue de vous m'a été d'un
véritable secours ; la fatigue du terrible voyage
m'avait anéanti : l'âme souffre de l'abattement du
corps ; un témoignage de votre amitié est dans
ces tristes moments le meilleur cordial qu'elle
puisse recevoir.

Par-dessus la fatigue, j'ai été surpris à la campagne de la princesse Butera d'une colique qui
m'a duré vingt-quatre heures. Je n'avais jamais
éprouvé de semblables douleurs ; on a attribué
cette indisposition, qui a alarmé mes amis, à du
laitage que j'avais mangé, mais une foule de personnes sont journellement attaquées de la même
maladie qui paraît être dans l'air du moment.

Je suis maintenant tout à fait remis. Je vous
narre mes infirmités pour obtenir votre indulgence.

Le temps ne me manque pas dans nos interminables journées pour écrire, mais il me faut faire
un effort pour sortir de ma léthargie; c'est en relisant votre bonne épître que j'y suis parvenu ce
matin.

De tristes réflexions m'obsèdent sans cesse,
votre amitié les comprendra.

Je suis parti d'ici, il y a quatorze ans, avec deux
aimables enfants, j'y ai laissé de bonnes connaissances, qui n'existent plus. Je reviens seul aujour-
d'hui, tout est changé, c'est une nouvelle généra-
tion, un nouvel ordre de choses; il faudrait re-

commencer, je n'en ai plus le temps, ni la force, ni le courage, mais j'aurai celui de vivre en paix.

Nous sommes dans une campagne charmante où rien ne manque. J'espère bientôt reprendre mes occupations favorites; ma belle-sœur a eu l'aimable attention de me préparer tout l'attirail de la peinture. J'ai trouvé un chevalet, couleurs, pinceaux, toiles, etc., etc.

Je n'ai qu'à m'asseoir et peindre, je n'attends plus que votre inspiration. . . . .

. . . .

. . . .

Savez-vous que j'ai reçu une charmante lettre d'Eulalie ? c'était une réponse à une autre de moi, dans laquelle je m'avisais de lui donner des conseils. J'ai été tout heureux qu'elle ne m'ait pas envoyé paître les oies, comme si j'ignorais, à mon âge, qu'il n'y a rien de si aisé et de si inutile que de donner des conseils. . . . .

Avez-vous lu ma biographie de M. Sainte-Beuve? Avec la bonne intention de m'obliger, il m'a vivement blessé en parlant de rendez-vous que j'avais, dit-il, avec une dame chez le *Lépreux*.

J'avais dit une fois à cet indiscret que personne, à la cité d'Aoste, ne craignait de le voir, et que je lui avais fait plusieurs visites avec une dame à laquelle je faisais la cour. Mais je n'ai point parlé de rendez-vous qui n'existèrent jamais. Je ne vous ai jamais parlé de ces amours ; voilà l'histoire : c'était une jeune veuve indépendante, la plus belle de la ville d'Aoste, et y jouis.

sant d'une assez jolie fortune. Je lui avais fait la
cour pendant trois ou quatre ans, dans l'espoir
d'en faire ma femme, mais elle en préféra un autre;
voilà en quoi consiste ma bonne fortune que
l'on publie dans les deux mondes.

Lisez ce passage où l'on me fait « jouir de la
suprême félicité séparée par une feuille tremblante du suprême désespoir ». C'est chez le lépreux que nous allions nous cacher, bien sûrs de
n'être pas découverts! L'impudent!

Cette bonne dame existe encore; elle a des enfants et une réputation au-dessus de tout soupçon.

Que pensera-t-elle de ma fatuité presque octogénaire? Car j'ai l'air d'avoir raconté toutes ces
sottises.

En outre, ne sachant pas comment remplir la
tâche insignifiante et difficile de ma biographie, il
y annonce les opuscules de mon cher Töpffer et
dit qu'en retranchant quelques taches de style et
de *ton*, ils auront du succès.

Ces corrections devaient être un secret entre
nous, et il les publie sans le texte!

Töpffer aura toute raison d'en être blessé, et
j'en porterai aussi le blâme.

Que le diable emporte les littérateurs et la littérature! Je ne veux plus en entendre parler!

On revient de la recherche des maisons: l'une
conviendrait, il n'y a que les murs, et coûte
13,000 roubles de loyer. Les logements et tout le
reste sont hors de prix, cependant j'opine pour
qu'on la prenne. Je ne vois pas d'autre plaisir en
perspective que d'être bien logé, de me mettre à

table, et de me coucher. Je n'ai été qu'une seule fois en ville pour la messe. J'ai vu la belle colonne qui est vraiment superbe, et le palais déjà habité comme auparavant.

On a si bien imité l'ancien, non-seulement pour l'architecture, mais jusqu'à la couleur, qu'en le voyant, je n'aurais pas soupçonné l'incendie. Ma belle-sœur y a déjà son logement, mais elle est près de nous maintenant et demeure dans une campagne voisine avec sa nièce, la belle Mme Pouchkine, veuve du poëte défunt dont vous avez, sans doute, entendu parler.

Elle est vraiment d'une beauté remarquable, surtout pour l'ensemble de sa personne, grande comme moi, jolie tête, taille comme le goulot d'une bouteille, quoiqu'elle ait quatre enfants.

Adieu, chère et très-bonne; si je suis le bien bon, comment vous appellerai-je? Je chercherai quelque superlatif approprié. .   .   .   .   .   .

.   .   .   .

LXXVIII.

A MONSIEUR LE MARQUIS OUDINOT.

Saint-Pétersbourg, 18 août 1839.

JE vous écris encore de la campagne, mon cher marquis, où nous demeurerons jusqu'à ce que notre maison de ville soit arrangée et meublée, car nous l'avons louée avec les quatre murs. Ma

pauvre femme est toujours à courir à la recherche
des meubles avec Natalie ; elle revient fatiguée et
gémissant sur la cherté de toutes choses. Elle
trouve que les prix sont exactement le double de
ceux de Paris. Natalie est en peine de Valentine
qui ne lui écrit point. Jamais leur correspondance
n'avait éprouvé un si long retard. Je pense qu'elle
est partie de Genève et que le voyage est la seule
cause de cette interruption.

J'entends parler de projets sur Naples, d'un
voyage de la marquise à Audour, avant celui d'I-
talie ; dites-moi, cher ami, ce qui en est. Dieu
veuille que ces projets se réalisent ; je ne vois pas
d'autre moyen, pour tirer votre adorable compagne
de l'anéantissement dans lequel son malheur l'a
jetée. Je vous supplie de me tenir au courant de
tout ce que vous déciderez.

En attendant, au risque de vous ennuyer, je
vais encore vous parler de nous.

Au moment de notre arrivée, nous avons été
bien reçus de quelques anciennes connaissances.
Les grands parents de ma femme sont venus aussitôt nous voir, et nous ont témoigné beaucoup
d'intérêt, mais ils sont dans les hautes régions de
la cour et des affaires : l'un est ministre de l'intérieur, un autre pis encore.

Vous sentez bien que dans un pays où l'on ne
respire que dans l'atmosphère immédiate de l'Empereur, hors de laquelle nous nous trouvons, nous
ne pouvons pas compter nos parents comme société intime, ni en tirer les avantages précieux que
nous avons trouvés dans la *parenté* Oudinot et

Marcellus. Voila le modèle, sur lequel je voudrais avoir des parents. Peut-être en trouverons-nous, mais il faudrait lès chercher, et à mon âge, je préfère me contenter du souvenir des vieux.

Ma femme est dans une meilleure passe que moi. Elle aime passionnément son pays ; elle a désiré constamment d'y revenir, et rentre dans les habitudes russes aussi facilement que si elle n'en était jamais sortie. Pour moi, j'avoue que je ne puis m'empêcher de regretter quelques fois Paris et la bienveillance générale qu'on m'y a témoignée. Je regrette aussi des parents, d'aimables nièces que j'ai laissées en Savoie et la vie paisible de nos montagnes, plus analogue encore à mon âge et à mes goûts que celle de Paris, mais mon devoir était de ramener ma malheureuse femme où je l'ai prise. Je serai bien partout où elle sera.

Notre société intime sera toute entière dans la même maison que nous; nous habiterons au bel étage avec les Friesenhoff qui ont un appartement à part, un escalier à eux, en sorte que nous ne nous rencontrerons que selon notre bon plaisir. Au rez-de-chaussée logera une autre nièce, Mme Pouchkine, veuve du célèbre poëte tué en duel, dont vous avez sans doute ouï parler, avec une de ses sœurs, et quatre enfants ; elle est d'une grande beauté et très-bonne personne. Vous voyez que je continuerai à être embrassé par de jolies femmes comme à Paris. La sœur est moins belle que la veuve, uniquement parce qu'elles sont ensemble. L'une est Vénus, l'autre Junon ; vous comprendrez qu'avec ce fond de société, la nôtre augmentera probablement peu-

dant l'hiver d'après le proverbe : « plantez des
filles, il viendra des garçons. »

Nous avons depuis quinze jours le climat de
Naples, 22 degrés dans mon cabinet, un soleil brûlant; tout le monde se plaint, excepté moi; il est
probable qu'on est plus sensible à la chaleur ici
qu'à Naples, parce que les changements de tempé-
rature y sont plus rapides. Au premier orage, nous
aurons froid et nous nous retrouverons en Russie.

Vous voudrez peut-être savoir si j'ai profité de
vos encouragements, et si je continue l'anecdote
que j'avais commencée à Paris. J'en aurais tout
le loisir ici, mais je vous avoue que mon indis-
crète biographie par M. Sainte-Beuve m'a dégoûté
des littérateurs et de la littérature. Pour remplir
son article, et ne sachant trop que dire, il me fait
donner des rendez-vous amoureux chez mon honnête Lépreux, l'impudent ! voici ce qui a donné
lieu à cette fable.

J'ai vu deux fois à Paris l'auteur de cet article.
Il me demanda si l'on ne craignait point d'approcher du lépreux. Je répondis que non et que je lui
avais fait souvent des visites avec une jeune dame
qui le protégeait. Les rendez-vous sont de son invention. Cette femme était veuve et libre et n'avait
pas besoin de se cacher ; elle existe encore ; que
pensera-t-elle, si elle lit cela, de ma fatuité presque octogénaire ? d'autant plus qu'il a l'air d'écrire
sous ma dictée. Il m'a de même compromis avec
l'auteur de *la Bibliothèque de mon oncle*, ouvrage
que Mme Oudinot connaît et que je voulais faire réim-
primer à Paris. Il l'annonce comme ayant besoin

de corrections et manquant de *style* et de *goût*.

L'auteur, M. Töpffer, en a été, comme de raison, vivement blessé, et moi plus encore qui perds l'amitié d'un homme que j'estime, et dont j'admire le talent, parce qu'un écrivassier veut gagner sa quote-part dans une revue, hors de toute mesure et de toute convenance. Mais le mal est irréparable et je vous prie même de n'en pas parler, car je suis entre les mains de ces misérables, et le mieux est de tout oublier. J'ai voulu seulement soulager et épancher ma mauvaise humeur en vous en faisant part, au risque de vous ennuyer.

Je ne sais pas si ma lettre vous trouvera encore à Paris, mais, dans tous les cas, j'espère qu'elle vous suivra à Audour ou en Italie, et que j'aurai de vos nouvelles, en attendant que nous soyons établis dans notre maison de la ville, où vous pourrez adresser vos lettres qui me seront bien précieuses. Voici jusque là notre adresse, celle du banquier est moins exacte, car ses lettres chôment souvent chez lui : —M. Kwarkovtzoff — Saint-Pétersbourg, Gloukoy Percoulok, maison du marchand Artamonoff. Ma femme vous dit mille choses tendres et qu'elle doit paraître coupable envers tout le monde, mais elle est sur les dents pour l'emplette des meubles, et passe la journée, de 10 heures du matin à 6 heures du soir, en ville, pour elle, et pour Natalie qui est grosse et dans son lit. Friesenhoff écrit aujourd'hui à la marquise, ce qui fait qu'il ne vous écrit pas et remet ce plaisir à un autre courrier. Ma lettre est commencée depuis deux jours. Natalie est tout à fait bien ce

matin après une bonne nuit. Elle a couru quelque
danger, mais je suis moins en peine pour elle que
pour son mari. Je ne crois pas qu'il reste longtemps ici, car le climat ne lui est pas favorable;
il est affecté du moindre changement de temps.
Je pense qu'après les couches et le rétablissement
de Natalie, il se rapprochera du soleil; du moins
je le lui conseille fort. Il est maintenant fort occupé
de sa correspondance de Naples. Le marquis Villa-
Franca, napolitain, part ces jours-ci pour sa patrie
et emporte une vingtaine de lettres du jeune ménage. Adieu, cher marquis, donnez-nous de vos
nouvelles, le plus tôt et le plus longuement possible; vous savez le plaisir qu'en éprouvera votre
affectueux serviteur et ami.

LXXIX.

A LA VICOMTESSE DE MARCELLUS.

Pétersbourg, 19 janvier 1840.

Je veux vous féliciter du bonheur que vous avez
eu de revoir l'aimable duc de Bordeaux et de
l'avoir trouvé avec le comte de la Ferronnays, afin
qu'il n'y manquât rien. Je jouis en lisant dans les
journaux la peur de M. de ... qui se démène
comme un diable dans un bénitier. Quel rôle pour
un gentilhomme français ! Comme j'aime le pape
qui ne s'en inquiète nullement.

Si vous pouviez me procurer une ligne, un mot de l'écriture du duc de Bordeaux, je me mettrais en quatre pour vous faire un tableau ce printemps et j'y mettrais tous les sentiments de mon âme et de mon corps.

Ma femme veut absolument vous écrire par Kriosoff, mais je ne compte guère sur cette bonne résolution ; vous devez savoir qu'elle a toujours été sujette à la *scrivophobie*, et, si elle n'écrit pas, vous ne devez pas lui en vouloir, personne au monde ne vous chérit plus qu'elle. Lorsque nous parlons de vous, elle ne tarit pas sur votre éloge, et, comme sa mémoire est parfaite, rien n'est oublié, depuis le premier jour où nous vous avons connue jusqu'à notre départ de Paris, les moments heureux que vous avez embellis et les malheureux que vous avez soulagés et partagés. C'est surtout avec quelques anciennes connaissances, lorsqu'elle raconte les aventures de son voyage, qu'elle aime à parler de vous. Aussi, vous ne serez pas étrangère en Russie, si jamais vous y venez, car toute notre société vous connaît et vous aime.

Nous avons eu un moment de vive crainte pour vous, en lisant dans un journal que le bateau à vapeur qui portait M. de Sircey à Constantinople avait péri corps et biens dans la mer Noire, mais bientôt nous avons su sa réception chez sa Hautesse.

Je me réjouis de tous ses succès à cause de vous, quoique j'aimerais mieux le savoir à Rome. Je pense que vous allez quelquefois au palais Borghèse ; c'est la seule maison que je regrette à Rome. J'aimerais bien que vous me parlassiez de

la charmante princesse Salmona; il y a trois ans
que je l'ai laissée grosse à pleine ceinture; depuis
lors je n'en ai plus ouï parler, mais il m'en est
resté un souvenir qui se présente à chaque fois
que je rencontre dans une jeune personne une réunion de beauté, d'esprit et de politesse. Tâchez de
ne pas vous promener avec distraction dans la
ville de Rome ; songez au bonheur que vous avez
d'y être et de pouvoir dire en montant en voiture
à votre cocher : — Au monte Pincio, — au palais
des Césars, — à Saint-Pierre, — à la villa Borghèse,
Pamphili, sans que la neige et 30 degrés de froid
vous forcent à garder le logis, comme cela m'arrive souvent ici. Rome est la seconde patrie de
tout homme qui a une âme, et, quand on a une
patrie comme la vôtre, je ne sais pas si la seconde
ne balance pas la première. Quoi qu'il en soit,
jouissez, jouissez bien de cet instant de plaisir qui
vous est donné ; ne lisez pas les journaux, ni les
débats de vos misérables grands hommes de Paris,
ni les hideux détails des crimes dont vos cours
d'assises épouvantent journellement l'Europe ; en
parlant de votre patrie, j'ai seulement voulu parler de votre patrie actuelle et momentanée : vous
savez si j'aime la France !

Je vous envoie la lettre de Töpffer que je vous
ai annoncée par ma dernière. Sa correspondance
me fait grand plaisir, ses lettres sont pleines de
choses et sa manière de penser est tout à fait analogue à la mienne. Si cet homme avait reçu une
éducation plus distinguée et plus soignée, ses ouvrages auraient doublé de prix ; il s'est créé lui-

même ce qu'il est, et c'est avec peine que l'on trouve dans ses ouvrages pleins de génie des expressions triviales, tandis que plusieurs de ses compatriotes, comme Diodati, Larive, de Saussure, écrivent le français avec la plus grande perfection. Vous verrez combien il a été glorieux de votre visite. J'ai un grand désir de voir l'article qu'il a fait insérer dans la *Bibliothèque Universelle* sur le *Voyage en Orient*.

Il y avait de mon temps, à Rome, un médecin, M. Morochini, qui recevait ce journal; peut-être ses enfants ont-ils continué l'abonnement et vous pourrez y trouver cet article. . . . .

. . . .

. . . .

LXXX.

A LA MÊME.

5 août 1840.

. . . .

. . . .

J'AI lu avec grand plaisir dans le *Journal des Débats* un article très-bien fait sur le *Voyage* ou les *Souvenirs d'Orient*.

J'étais sûr que cet ouvrage resterait; il deviendra le manuel des voyageurs. Dites, je vous prie, mille choses aimables à l'auteur de ma part et de celle de tous les miens. J'ai reçu de Genève le

gros *Presbytère* de M. Töpffer. Je regrette que
vous l'ayez jugé sans le lire, sur la foi d'autrui, et
peut-être sur la mienne, car j'en avais une assez
petite idée. C'est un livre excellent et du plus
grand intérêt ; on y trouve des caractères qui se
font aimer et admirer, c'est une troisième *Hé-
loïse* qui vaut mieux, à mon avis, que celle de
Rousseau ; l'auteur m'écrit qu'il n'a point osé
vous l'offrir, mais que, si je l'encourage, il vous
l'enverra. Quelques personnages y parlent le pur
patois de Genève, vous y trouverez des longueurs,
mais vous ne le lirez pas sans pleurer, ni sans rire,
car il est parfois très-amusant.

On fait ici de tous côtés l'opération du stra-
bisme qui est très-facile et ne manque jamais. La
belle fiancée du jeune comte Apponi, Mlle de Ben-
keriday, est partie d'ici, louchant à faire peur et
pouvant à peine lire, tant ses deux prunelles
étaient cachées près du nez : en passant à Berlin,
où demeure l'inventeur, le docteur Dieffenbach,
elle s'est décidée à subir l'opération qui a fort
bien réussi. Imaginez la joie du promis et de la
famille Apponi ! c'est une merveilleuse découverte.

Un jeune homme de notre société, qui était dans
le même cas, est guéri, je ne me lasse pas de le
regarder, c'est un autre homme. . . . . .

LXXXI.

A LA MÊME.

Pétersbourg, 25 décembre 1840.

L'EXCELLENT Friesenhoff, qui aura le bonheur de vous voir, chère Valentine, se charge de vous remettre cette lettre. Je l'écris d'avance, ne sachant pas précisément quelle sera l'époque de son départ, et j'aurai le temps de vous parler en détail de vos amis de Saint-Pétersbourg, qui vous aiment toujours en raison directe du carré des distances. Vous auriez quelques raisons d'en douter pour ce qui me regarde, car j'ai eu le tort de n'avoir pas encore répondu à votre dernière et charmante épître. Vous me pardonnerez ce retard et cette négligence en faveur des années qui s'accumulent sur ma tête et du découragement qu'elles amènent avec elles.

La journée n'a plus que quelques heures qui se passent, en y comprenant les repas, en flâneries de famille ; nous sommes tous rassemblés dans le cabinet de Sophie, qui est le seul qu'on peut réchauffer convenablement dans notre grande maison ; le thermomètre marque depuis plusieurs jours de 20 à 25 degrés de froid sur la rue, 10 à 12 dans les appartements et 14 ou 15 dans le cabinet dans lequel nous nous réunissons.

. . . .

Je trouve de grands changements opérés depuis
mon départ; le matériel de la ville a beaucoup
gagné, mais, à mon avis, la société a perdu : un
mauvais esprit, un mauvais ton, y gagnent incessamment du terrain. Je la vois peu ; je puis
cependant la juger sur les histoires scandaleuses,
sur le dévergondage, dont j'entends parler, et
surtout sur le jugement qu'on en porte autour de
moi.

Dans les sociétés de second ordre, on fume le
cigare, et partout on joue : il n'y a plus de conversation ; les dames elles-mêmes, les plus élégantes, jouent gros jeu au whist. Les personnes
qui ne jouent pas sont de trop et gênent ; la
maîtresse de maison quitte un instant les cartes,
pour recevoir la dame malencontreuse qui arrive,
ce qui n'a lieu qu'entre anciennes connaissances,
car, sans cela, elle court le risque d'être en tête-
à-tête avec elle-même.

Il faut jouer ou rester au logis; passe pour les
personnes âgées, elles n'ont rien de mieux à faire,
mais les jeunes femmes! il faut cependant que
cela soit bien amusant, et je suis quelquefois
tenté de prendre des leçons de jeu. M. de Tal-
leyrand croyait cette science indispensable. Quelqu'un ayant refusé de faire sa partie, en alléguant
qu'il ne savait aucun jeu : « Ah ! monsieur, lui
dit le grand diplomate, je vous plains, vous vous
préparez une vieillesse bien malheureuse ! » Et
puisque me voilà acheminé à vous dire des balivernes, j'ajouterai un calembour du grand-duc

Michel, qui a couru la ville ; on a présenté une jeune promise fort jolie, mais dont l'embonpoint, un peu exagéré, était distribué de manière à convenir plutôt à une nourrice qu'à une jeune fiancée : « Qui épouse-t-elle? » demanda le prince. — « M. ***. — Ah! le pauvre homme, je le plains, il ne saura à quel *saint* se vouer! » Je dois vous dire que le grand-duc renie la paternité de ce calembour, mais on le lui a attribué, parce qu'on prête aux gens riches. .

J'ai tant de choses à vous dire et à vous demander, et je perds mon temps et mon papier à vous dire des folies !

N'aurai-je pas mauvaise grâce maintenant à vous parler de moi ? Je veux cependant vous dire que j'ai abandonné la peinture pour cet hiver, faute de lumière, et, comme je m'ennuie prodigieusement, j'ai recommencé un peu de chimie. Je suis au milieu des petits pots et des creusets ; c'est toujours une certaine couleur faite avec de l'or, dont vous m'avez vu occupé à Naples. Je l'ai perfectionnée et j'ai fait des découvertes *sublimes,* dont ma femme se moque, en prétendant que je fais du cuivre avec de l'or. Dès que le printemps se montrera, je reprendrai la palette pour faire des paysages froids comme à l'ordinaire, mais, pourvu que le temps passe et s'écoule doucement, c'est tout ce que je désire dans un pays où je n'ai pas un seul ami et où les bonnes connaissances que j'avais m'ont précédé dans un meilleur monde! Ah! quelle différence avec ma vie d'Italie, de Nice, de Savoie et de Paris !... Je

ne rencontrais que des visages bienveillants. Là,
on est quelque chose par soi-même, sans avoir
besoin de faveur ou de décorations; il suffit d'être
honnête homme et bien élevé. Je vous avoue,
chère enfant, que je regrette vivement mon pays,
mes parents et la France, qui est bien aussi mon
pays, mais mon devoir était de ramener ma
malheureuse femme où je l'ai prise et où elle
voulait retourner. Dieu veuille qu'elle ne s'en
repente pas! Je l'aime chaque jour davantage;
nous sommes ici comme deux vieux arbres à demi-
desséchés, qui ont perdu toutes leurs branches
dans les nombreux orages qui les ont assaillis,
mais dont le cœur est encore vivant, et qui
poussent encore quelques feuilles pâles, sans
fleurs, ni fruits, au milieu de la forêt verdoyante
qui leur succède.

Vous savez que les forêts verdoyantes des environs de Saint-Pétersbourg sont des sapins et des
bouleaux. Afin que vous ne soyez pas alarmée de
ma tirade mélancolique, voici une parodie que
j'avais faite jadis d'un couplet de Florian et qui
faillit me brouiller avec Sophie au moment de
nos fiançailles :

L'on n'est bien que dans la Russie,
C'est là que gèlent les ruisseaux;
C'est là que les pins, les bouleaux
Donnent une ombre plus chérie;
C'est là que le chant des corbeaux
Nous charme par son harmonie.

Le tissu incohérent de ma lettre pourra vous

donner une idée assez juste de la vie que je mène
ici : de tristes souvenirs, des regrets amers en
forment le fond ; mais, toutes les fois qu'une
pensée agréable, gaie et même un peu folle se
présente, je lui ouvre à deux battants toutes les
portes de mon imagination, et, au lieu de qua-
lifier cette faculté précieuse comme votre patronne,
sainte Thérèse, qui l'appelait *la folle de la maison*, je me jette à corps perdu dans ses bras et je
m'en trouve bien. N'est-ce pas elle, en effet, qui
fait disparaître le temps et la distance, qui réalise
le passé et l'avenir pour cacher le présent, cet
présent qui nous obsède sans cesse comme un
mauvais coucheur? N'est-ce pas l'imagination qui
me dessine maintenant votre portrait dans les
poses les plus charmantes, en face et en profil,
gaie, distraite ou boudeuse, et toujours frappant
de ressemblance? Tout mon cabinet en est tapissé.

Vous trouverez dans ce pli une lettre de
M. Töpffer, qui vous amusera ; vous y verrez
toute la reconnaissance pour l'aimable visite que
vous lui avez faite et qui m'a mis tout à fait dans
ses bonnes grâces, parce qu'il croit m'en avoir en
partie l'obligation ; vous y verrez l'idée qu'il s'est
formée de vous et de M. de Marcellus. J'attends
au premier jour l'article qu'il a fait insérer dans
la *Bibliothèque universelle* sur les *Souvenirs
d'Orient*. Je pense qu'il trouvera la manière de
vous l'expédier à Florence, car on donne toujours à l'auteur de chaque article un exemplaire
ou deux imprimés.

LXXXII.

A LA MÊME.

Saint-Pétersbourg, 4 février 1841.

JE savais déjà par les journaux le nouveau malheur que vous venez d'éprouver... Merci, chère Valentine, pour la peine que vous avez bien voulu prendre de m'écrire dans ce cruel moment. Je ne puis penser, sans frémir, à ces terribles heures si précipitées qui vous ont enlevé tout à coup l'excellent homme que vous regrettez, mais aussi je ne puis qu'envier une fin pareille à la sienne et prier Dieu qu'il me l'accorde. Je suis persuadé qu'il avait eu quelque pressentiment de sa mort prochaine ; ces deux communions si rapprochées me le persuadent ; peut-être étaient-elles dans ses habitudes, car c'est bien là le vrai moyen de n'être pas surpris.

Il n'est plus nécessaire maintenant de prier Dieu pour lui, priez-le lui-même pour vous et pour moi, afin que ma mort ressemble à la sienne. Il avait vingt ans de moins que moi, il était plein de vie et de santé ; je lui survis pourtant avec plus d'une infirmité. C'est un avis dont je tâcherai de profiter, et si l'on envisage même philosophiquement l'existence, il paraît qu'elle ne devrait jamais dépasser l'âge où il a terminé la sienne. Il est difficile de garder plus loin cette sérénité d'esprit nécessaire pour ne pas devenir à charge à soi-même et à ses amis. Lorsqu'on avance en s'appuyant sur des tombeaux dans cette caverne obscure de la vie, la solitude et la nuit augmentent à chaque pas, on n'entend plus qu'à peine et de loin le bruit de la vie. Déjà je tâtonne avec le pied, pour savoir s'il reste encore de l'espace devant moi. Lorsque je reçois une bonne lettre de vous, chère Valentine, ces fantômes s'évanouissent; c'est comme un flambeau qui vient m'éclairer et qui, au lieu de la triste caverne, me fait voir Audour, Naples, Paris, et me fait jouir de tous les moments agréables que j'ai dus à votre amitié...

Je vais maintenant vous parler de C... Vous savez déjà par ma précédente lettre de janvier le commencement de son histoire. Comme Périer avait été prié au bal de cour qui a suivi sa bravade, on espérait qu'après avoir été reçu par l'Empereur, la société reviendrait sur le même pied qu'auparavant, mais il n'en est rien; quoique l'Empereur et l'Impératrice ayent parlé à l'ordinaire à Périer et à sa femme avec bienveillance, ils se sont trouvés seuls dans un monde qui n'avait que des yeux distraits et rien à leur dire, après avoir été chez eux à différentes fêtes et dîners. Je ne connais pas de situation plus singulière et plus désagréable.

C... n'y était pas, parce que, n'ayant pas été présenté, il ne pouvait être invité, et, depuis lors, toutes les portes sont fermées pour eux. Au point que, dans quelques grands bals qu'on a donnés

et qu'on donnera avant le carême, on n'invite
personne par écrit, parce que, si on envoyait des
cartes d'invitation aux autres diplomates, il faudrait aussi en envoyer à Périer, qui aurait droit
de se plaindre officiellement ; ainsi, *on fait* seulement *savoir*. A vrai dire, je trouve cela assez
ridicule, puisque l'injure était oubliée par celui
même auquel elle avait été faite. On ne connaît
pas la rancune de la société, mais on sait qu'en
général les hommes pardonnent plus facilement
les injures qu'on leur fait que celles qu'ils ont faites
eux-mêmes. Il en coûte de revenir et de chanter
la palinodie, d'autant plus que l'homme qu'on
brave ainsi est trop peu considérable pour qu'on
craigne des représailles. Tout cela est très-malheureux pour C..., qui aurait déjà eu bien de la peine
à percer dans cette bagarre, mais à la longue il
aurait fini par réussir par son amabilité et sa belle
figure militaire. Maintenant on ne peut prévoir
comment cela finira pour eux. Si le Guizot s'ob-
stine à les laisser ici, ils seront fort à plaindre.
Si on les remplace, Périer sera récompensé et fait
ministre quelque part. Mais C... partira-t-il sans
voir l'Empereur ? Il aurait fait là un triste voyage
et commence à être découragé. Nous le voyons de
temps en temps, et nous sommes la seule maison
de la ville avec Ribeaupierre qui lui soit ouverte...
Ce pauvre jeune homme ne comprend absolument
point la position : il regrette de n'avoir pu voir
l'Empereur, parce qu'alors il lui aurait expliqué,
disait-il, il lui aurait fait voir ! Voilà où il en
est... Il nous a fait lire une lettre écrite par son

père à un ami. C'est une utopie qui ne va pas
moins qu'à persuader à Louis-Philippe et aux
siens d'abandonner la partie, et à Henri V de
mettre de côté tous ceux qui se sont attachés à son
sort... Le système serait bon, s'il n'était impossible...

Adieu, chère trop bonne ; envoyez-moi quelques-uns de ces flambeaux qui illuminent ma
caverne.

LXXXIII.

A LA MÊME.

Pétersbourg, 1841.

JE pense avec plaisir que vous recevrez ma
lettre à Audour et qu'elle vous rappellera le
temps où votre aimable société pouvait seule éloigner de ma pensée mille cruels souvenirs. Pour
moi, chère bonne Valentine, je ne l'oublierai jamais ; Audour est gravé dans mon cœur. La mémoire qui m'en est restée est plus fraîche que celle
de mille endroits où j'ai passé des années. Nous
en avons parlé souvent avec ma vieille compagne,
et maintenant que vous y êtes, je vais vous y
chercher dans tous les recoins de l'aimable séjour, bien sûr de vous trouver tout de suite occupée à soigner vos fleurs, ou à nourrir les habitants de votre volière, et peut-être même à arroser
les arbres que nous avons plantés avant de partir

J'espère que vous nous donnerez de leurs nouvelles et que vous nous tiendrez au fait de tous
les événements et *avénements* au château. Je voudrais aussi, lorsque vous m'écrirez, que vous me
parliez plus au long de la santé de votre mari.
Ma sciatique me fait penser à lui, car je l'ai
laissé bien souffrant encore. J'attends avec empressement ses *Vingt Jours en Sicile.* qu'il a, dit-
on, la bonne intention de m'envoyer. Je vous prie
de lui en rafraîchir la mémoire, car s'il est avec
vous à Audour, ses occupations agricoles et l'é-
ducation de ses troupeaux de *sangliers* domestiques pourraient facilement le lui faire oublier.

Vous aurez vu dans les *Débats* et dans la *Revue
des Deux Mondes*, qu'il est encore question de
moi au sujet de M. Töpffer, dont M. Sainte-
Beuve a écrit la biographie pour faire mousser
l'édition des œuvres du premier que Charpentier
a publiée.

Je ne serai donc jamais quitte de ces écrivassiers! J'ai encore si fortement sur le cœur ma ridicule biographie et ma prétendue bonne fortune
chez le *Lépreux*, que je ne puis y songer sans un
mouvement de colère, et j'ai pensé que, puisqu'il
sera probablement encore parlé de moi une dernière fois, et que, selon l'ordre de la nature, M. de
Marcellus doit me survivre longtemps, j'ai pensé,
dis-je, que je pouvais le prier, non point d'une
autre biographie, mais d'un tout petit article de
nécrologie, dans lequel je l'autorise d'avance à
démentir solennellement cette ridicule invention
d'un folliculaire déhonté. Mais alors où serai-je

et combien peu je m'inquiéterai, chère bonne Valentine, de ce qui m'agite maintenant ! J'ai laissé courir ma plume, sans savoir qu'elle me conduisait à vous parler de choses peu agréables. Revenons plutôt à Audour, j'espère que les inondations de l'année passée n'auront point laissé de traces dans votre charmante châtellenie et que les récoltes de cette année compenseront les dégâts qui ont pu avoir lieu. Je crains seulement qu'isolée, comme vous l'êtes, dans cette campagne éloignée, et séparée de tous vos amis, vous ne vous livriez trop souvent aux souvenirs du malheur qui pèse encore si fort sur votre cœur. Tout ce que vous me dites dans votre excellente et longue lettre à ce sujet m'a vivement touché.

Cette fraîcheur d'esprit, cette amabilité qui semblait augmenter, comme le chant du cygne, au moment où tout devait disparaître, a dû, sans doute, vous rendre plus cruelle cette perte irréparable.

Vous me dites que vous n'avez pas été satisfaite des divers articles qu'on a publiés à Paris au sujet de ce triste événement. J'en ai lu un dans la *Revue étrangère* qui s'imprime à Saint-Pétersbourg, dont j'ai été on ne peut plus satisfait. Je suis bien sûr que vous le connaissez, car il est impossible qu'il ait été rédigé ici, et il doit être tiré de quelque journal français. Quoi qu'il en soit, il me semble que l'on ne peut mieux dire, et vous en aurez été contente; mais si vous ne le connaissez pas, je m'empresserai de vous l'envoyer; celui qui l'a écrit est un homme de cœur et d'esprit, et un véritable ami.

Votre solitude à Audour est bien moins profonde que la mienne dans cette grande ville où je n'ai point d'amis. Je pourrais croire qu'il y a de ma faute, mais les habitants ne s'aiment guère entr'eux. On se rassemble pour jouer, je ne reconnais plus la société, les artistes ne se rencontrent nulle part. Je n'ai pas pu voir Bruloff depuis mon arrivée.

Il s'est marié, a battu sa femme qui l'a abandonné. Il fait, dit-on, de fort belles choses et ne voit personne.

Les savants sont des professeurs, qui ne se voient pas même entre eux ; le président de l'Académie des sciences ne les reçoit jamais chez lui ; c'est un homme de beaucoup d'esprit qui ne s'occupe pas d'eux. Il est, d'ailleurs, difficile de recommencer à faire des connaissances, vieux comme nous le sommes, et nous ne cherchons pas à nous en procurer. . . . .

. . . .

LXXXIV.

A LA MÊME.

14 février 1841.

VOILA encore une nouvelle calamité, chère trop bonne Valentine : la mort du pauvre comte de La Ferronnays nous a atterrés ; son fils m'a écrit pour nous l'annoncer ; il est au déses poir de cette cruelle perte, si peu attendue; il venait de recevoir une lettre de lui, écrite deux ou trois jours avant sa mort. Il est venu hier nous voir et pleurer avec nous le meilleur des hommes. Nous avons tout de suite pensé à la douleur que vous éprouverez en apprenant cette nouvelle; je crains que tant de chagrins coup sur coup ne nuisent à votre santé; c'est dans ces moments qu'il faut redoubler de courage et de confiance dans la Providence. . . . .

. . . .

Tout finit enfin par s'arranger et s'adoucir. Il n'y a que les pertes de nos amis qui ne peuvent nous accoutumer aux déboires de la vie. On peut faire de nouvelles connaissances, contracter de nouvelles amitiés, mais elles ne peuvent remplacer celles qu'on a perdues : comment oublier le regard, le son de voix d'un être chéri que l'on ne verra plus!

Tenez-moi, je vous prie, au fait de tout ce que vous déciderez.

Combien je voudrais être auprès de vous! Je tâcherais de vous encourager, de vous consoler!... Dans cette crise pénible de votre vie, j'espère que Dieu vous aidera.

C... est toujours dans la même situation désagréable. Les diplomates français ne sont invités nulle part, ni même reçus. Rien n'est plus ridicule, à mon avis, que la conduite de la société à leur égard; car, au fond, ils n'ont fait que remplir les ordres qu'on leur a donnés, et puisque Périer a été invité au bal de la cour et que l'Em-

'pereur lui a parlé avec bienveillance, ainsi qu'à sa
femme, de quel droit s'avise-t-on de les maltraiter,
car ils n'avaient manqué à personne?... Mais il
est bien connu que les hommes pardonnent plus
facilement les injures qu'ils reçoivent que celles
qu'ils ont faites. Il en coûte de revenir à quelqu'un
pour lequel on a manqué d'égards, et ce jeune
homme a trop peu de poids pour qu'on se gêne
avec lui. Je ne ferais qu'en rire, si ce pauvre
C... n'y était compromis. Il est impossible
que les choses restent sur le même pied; si on
ne les rappelle pas, ce serait une véritable cruauté
que leur gouvernement ferait à leur égard. Il me
semble qu'on doit toujours se sacrifier pour son
gouvernement, les *humiliations* à part. . . .

. . . .

Je reçois des nouvelles de Töpffer, qui est en
révolution et fort embarrassé de son rôle; il est
au nombre des conservateurs, en sa qualité de
membre du conseil suprême, et plus qu'un autre
exposé à la haine des révolutionnaires, parce qu'il
est nouvellement agrégé à l'aristocratie genevoise.

Ma femme vous dit toutes les tendresses de
son cœur; elle est dans un nouvel accès de sa
goutte volante à sa main droite et se porte très-
bien du reste. Notre occupation et nos plaisirs
consistent pour elle à lire la gazette, et pour moi
à l'écouter, ou bien quelque sot roman nouveau
que l'on finit, parce qu'on l'a commencé.

La Ferronnays nous a prêté des comédies nouvelles, qu'il croyait peut-être pouvoir jouer ici,
si les choses avaient tourné autrement.

LXXXV.

A LA MÊME.

Saint-Pétersbourg, 23 mars 1841.

J'AI souvent pris la plume pour vous écrire, chère bonne Valentine, sans en avoir le courage. Si j'avais été à Paris à l'époque de votre malheur, j'aurais pleuré avec vous l'excellent père que vous avez perdu, sans chercher à vous donner des consolations malheureusement inutiles. J'espère que Dieu vous soutiendra; il en a remis le soin et le pouvoir à la plus tendre des amies, c'est une faveur dont je le remercierai sans cesse; depuis que la triste nouvelle nous est parvenue, vous êtes dans toutes nos pensées. Quoique j'aie peu vu celui que nous regrettons, j'aime à me rappeler les moments que j'ai passés avec lui et les marques nombreuses de bienveillance qu'il m'a données. Je devais m'y attendre de la part du père de Valentine. J'ai fait sa connaissance dans votre campagne, près de Marsia, où j'ai fait plusieurs longues promenades avec lui, pendant lesquelles il me racontait ses intéressants voyages. Ensuite, il vint nous voir à Pugnano; j'étais alors occupé d'un paysage d'après nature; il me dit qu'il ne savait pas que je peignais si bien, ce qui me flatta beaucoup; il me donna plusieurs conseils et m'encouragea avec bonté ; depuis lors, je ne l'ai plus revu qu'à Paris, toujours le même et toujours aimable. Avant notre départ, il fit présent à ma femme d'un charmant tableau, qui fait le principal ornement de son salon ; il a beaucoup gagné depuis qu'il est vernissé, c'est un bien précieux souvenir.

Voici les beaux jours qui reviennent. J'espère que vous en profiterez pour vous remettre à la peinture. Je ne crois pas pouvoir me donner le même plaisir, car mes yeux faiblissent de jour en jour, et, pendant que je vous écris, je vois des petits nuages qui se promènent sur mon papier.

La chûte des grands froids m'a guéri de mes rhumes, qui m'ont tourmenté tout l'hiver et qui avaient parfois inquiété ma chère Sophie. Ce retour à la santé, qui a bien son prix, a, entre autres, celui de me donner l'espoir de vous aimer plus longtemps. . . . .

. . . .

Nous avons reçu hier la visite de Mme Demidoff Bonaparte, qui est fort aimable et assez jolie. Son mari est neveu de Sophie, en sorte que la voilà alliée des Bonapartes. Malheureusement, le cher neveu a été rayé du service, et, jusqu'à présent, on ne s'est pas encore radouci pour lui.

Nous attendons avec une grande impatience un mot de vous qui puisse nous tranquilliser sur votre santé.

LXXXVI.

A LA MÊME.

Saint-Pétersbourg, 2 août 1841.

. . . .

M. de L. n'a encore rien de décidé, et il ne l'est pas lui-même sur ce qu'il doit faire. Son grand tableau est encore emballé chez M. de Barante avec un tableau de chevalet représentant deux baigneuses, demi-nues jusqu'à la ceinture, auprès du lac Nemi. Il l'a apporté avec le cadre. Le coloris est charmant, le paysage très-vrai et très-pittoresque, mais le dessin est défectueux en quelques points. Lorsque je le vis chez lui la première fois, je fus surtout frappé de la manière dont il a rendu la poitrine de la principale figure que l'on voit de profil. Les deux seins sont tellement l'un sur l'autre, qu'ils n'occupent pas l'espace d'un pouce et représentent deux languettes de chair. Je lui conseillai fortement de couvrir cette partie avec un bout de draperie blanche, en élevant un peu la chemise qui est là tout près, et cela avant de l'exposer ; mais il ne fut pas de cet avis et se proposa d'y retoucher.

Les tableaux furent portés chez M. de Barante, et le même soir L.... me dit que la draperie avait été *décidée*. Vous voyez que je n'étais pas seul de cet avis.

Mme de Barante s'intéresse vivement à lui, elle veut absolument qu'il déroule le grand tableau, mais il ne sait à quoi se résoudre et ne m'en parle plus. Il aurait mieux fait, ce me semble, d'apporter quelques tableaux de chevalet de plus, au lieu de la grande toile qui exigerait un cadre coûteux et qui ne peut être placée ici chez des particuliers. En attendant, il est fort bien reçu partout; il est bel homme et très-élégant. M. de Ribeaupierre a été très-satisfait de faire sa connaissance et l'aidera de son mieux à l'occasion. Je crois qu'il vous a déjà écrit la partie qu'il a faite à la grande fête de Petershoff, qui est tout ce qu'on peut voir de plus curieux ici; il s'est présenté au bal sans billet d'entrée et l'officier de garde l'a introduit sur sa bonne mine, ainsi il a vu l'Empereur et la famille impériale, l'illumination du parc et les belles eaux, et il est revenu très-satisfait de sa course. . . . .

. . . . En lisant les *Vingt jours en Sicile,* l'intérêt que j'y ai pris a redoublé lorsque j'ai vu qu'il y avait des dames et surtout qu'on dessinait, ce qui m'a prouvé que vous étiez du voyage.

N'avez-vous point pensé à moi quelquefois auprès de ces belles ruines et des paysages enchantés de cette belle Sicile que je ne verrai jamais? Je ne sais si je suis trompé par mon amour-propre ou par mon cœur, mais il me semble que je manquais à ce voyage. Comment ne m'en avez-vous jamais parlé?

Ne pourriez-vous pas faire entrer dans une de vos lettres les *vingt jours* de Valentine? Voilà qui serait charmant. Vous pourriez me dire quels sont les sites principaux que vous avez dessinés, et même m'envoyer quelque petit croquis pour me consoler de n'avoir pu vous accompagner. J'ai le projet de me remettre à peindre dès que nous serons établis dans la nouvelle maison, et pour cela je laisse dans celle que nous quittons toute ma boutique de chimie qui m'a fait perdre inutilement mon temps. Puisque Dieu m'a laissé ma vue et que mes mains ne tremblent pas, je veux essayer encore, persuadé, comme l'archevêque de Tolède, que je n'ai pas baissé. La notice nécrologique de M. de Forbin dont je vous ai parlé est de M. F. Foyot; il me semble qu'elle est fort bien écrite, sans exagération, enfin elle m'a fait grand plaisir. Je suis bien sûr que vous la connaissez, car elle n'a pu être écrite ailleurs qu'à Paris. Notre *Revue étrangère* qui s'imprime ici ne dit point d'où elle est tirée.

LXXXVII.

A LA MÊME.

Pétersbourg, 24 août 1841.

. . . .

. . . .

M. Gudin part aujourd'hui sur la frégate française qui est venue pour prendre M. de Barante. Il a eu le plus grand succès à la cour.

L'Empereur lui a donné un ordre, le duc de Weimar lui a conféré l'ordre du Faucon, et, comme il a reçu la Légion d'honneur en même temps, il retourne à Paris décoré comme une chapelle. Enfin, en prenant congé, l'Empereur l'a embrassé des deux côtés.

Tous les individus de la famille impériale lui ont fait chacun un présent considérable. Enfin il n'a eu qu'un seul mécompte. Il avait présenté deux grands tableaux dont il avait fixé le prix, l'un à 10,000 roubles, l'autre à 15,000. On a pris celui-ci et on ne lui a donné, au moyen d'une petite distraction volontaire, que le prix du premier; c'est une petite vilenie du chef chargé de ces détails et dont l'Empereur ne sait probablement rien; c'est absolument le pendant de l'affaire de Granet.

Ses réclamations ont été inutiles : le chef en question a dit que l'artiste avait assez reçu. Ce dernier aurait eu mauvaise grâce de s'adresser directement à l'Empereur, mais au fond il n'est pas à plaindre. Vous comprenez d'après cette anecdote combien il serait difficile de revenir sur l'injustice qu'on a faite à Granet après un si long temps.

LXXXVIII.

A LA MÊME.

Pétersbourg, 16 novembre 1841.

M. Périer a pris la maison de M. de Barante et tient un grand état; il a déjà préparé un logement pour M. de la F... C'est un bon enfant qui est fort bien vu ici, comme on l'est partout, lorsqu'on donne des fêtes et de bons dîners...

Nos regrets de la mort du prince B. ne se portent guère que sur le chagrin qu'en a éprouvé la princesse dont la destinée est aussi malheureuse que bizarre: perdre trois maris dans moins de dix-huit ans ! Le défunt qui se voyait en danger de mort prochaine, et qui nous a dit en partant qu'il n'en avait pas pour deux mois, a eu la précaution de déposer chez le consul de Naples toute l'argenterie de la maison en dix grandes caisses et comme, selon les lois napolitaines, tout cela appartient à son frère nommé, par son testament, légataire universel, ce dernier a déjà réclamé le tout. On ne sait pas encore si l'on fera droit à cette demande.

Le susdit frère a commencé par s'emparer de la voiture du prince et on a eu bien de la peine à retenir la voiture de la princesse. Il a aussi mis la main sur une cassette qui renfermait 250,000 francs en lettres de change, ainsi que les habillements du défunt, au grand chagrin de son valet de chambre.

Il a de même écrit au banquier Stiglio, de lui faire passer tout l'argent en dépôt chez lui, en lui faisant confidence qu'il allait demander le titre du prince, parce qu'il a déclaré dans ce diplôme que ce titre est donné à B... pour lui et *ses successeurs*; donc il lui revient aussi à lui successeur.

Il prévient cependant M. Stiglio qu'il ne lui doit pas donner ce titre jusqu'à ce qu'il l'ait obtenu officiellement. Enfin il compte aussi sur tous les meubles de la grande maison de ville.

Que dites-vous de cet aimable légataire et des lois de Naples, si elles existent telles quelles? Dans son testament, il donne à la princesse la maison et le jardin d'Olivous, avec tout ce qu'elle contient; c'est une maison de campagne dans les environs et tout près de Palerme. Si elle avait eu le temps d'arriver là avant la mort du prince et de s'y établir, elle aurait gardé ses voitures et ses lettres de change.

En attendant, elle est partie pour Olivous avec ses deux enfants, *en passant par Paris*, où elle se trouve maintenant. C'est une personne singulière, mais très-bonne et douée de grandes qualités, elle n'a jamais eu d'amants. De ses trois maris elle n'en a réellement aimé qu'un, le second. Elle avait pris le premier, homme d'âge, pour cesser d'être demoiselle et le troisième pour cesser d'être veuve; c'est à recommencer. Sophie lui est plus dévouée qu'attachée. Nos relations avec elle depuis son dernier mariage s'étaient refroidies. Reste toujours une dette énorme de reconnaissance envers elle, que nous n'oublierons jamais.

Je crois vous avoir conté cela en temps et lieu. Il y a bien quelque chose à dire sur la sincérité du testateur qui avait laissé croire à tout le monde que sa femme serait héritière universelle et qui a arrangé les choses de manière à lui ôter même ce qui lui appartient.

Il y a eu une grande fête à Borgo, chez le duc de Laval, pour la bénédiction d'une église qui a coûté 3co,ooo francs. Toute la famille Maistre, neveux et arrière-neveux, y sont venus de Nice au nombre de quatorze.

L'évêque de Pignerol et ses grands vicaires, une foule d'ecclésiastiques ont assisté à la consécration. Un jeune comte de Blangi avec sa femme, filleule du Duc et dotée par lui de 6o,ooo francs, plus un neveu du Duc, le marquis de Mirepoix-Levi, âgé de vingt ans, enfin un vieux général espagnol et un aumônier de l'ex-roi d'Espagne, Charles V, ont assisté à la cérémonie qui a duré sept jours.

Ces détails ne peuvent guère vous intéresser, mais j'ai pensé que, dans un château, toutes les nouvelles prennent un certain intérêt. . . . . .

LXXXIX.

A LA MÊME.

Pétersbourg, 11 décembre 1841.

J'ESPÈRE, chère trop bonne, que vous avez trouvé une lettre de moi à votre arrivée à Marcellus. Je tenais beaucoup à ce qu'elle fût une des premières, entre celles de vos amis. Je viens de recevoir l'aimable et pittoresque épître que vous avez eu la bonté de tracer pendant votre voyage. J'en ai été touché dans la partie la plus sensible de

mon cœur et je ne saurais vous exprimer tout le
plaisir qu'elle m'a fait. Je vous ai suivie avec un
vif intérêt dans ce long pèlerinage pendant lequel
vous avez revu le vieux manoir féodal. Votre description est si animée que, si je peignais encore,
j'en pourrais faire un tableau que vous recon-
naîtriez, comme si je l'avais tracé d'après nature;
je n'oublierais ni les créneaux, ni les rochers, ni les
tours dont le lierre séculaire couvre les fondements.
J'ai ressenti les émotions que vous avez éprouvées,
en rentrant dans ce vieux château, où mille souvenirs anciens se mêlaient aux souvenirs antiques.
Personne mieux que vous ne pouvait jouir de ces
méditations dans lesquelles le cœur pense tant de
choses que l'esprit ne saurait décrire.

Vous savez sans doute que nous avons ici depuis quelques jours Charles de la Ferronnays dont
l'arrivée en qualité de diplomate attaché à l'ambassade française a surpris beaucoup de monde. On ne
comprend pas trop comment, voulant entrer dans
cette carrière, il a choisi Saint-Pétersbourg où son
père a laissé de grands et bons souvenirs dans une
autre ligne, et où lui-même Charles a servi quelque
temps avec les Russes en Turquie, avec les Laroche-
jaquelins et les légitimistes. La chose étant décidée, son père a dû naturellement le recommander;
il a écrit à M. de Ribeaupierre qui, sans doute,
ne s'épargnera pas à lui rendre service, s'il le peut.
Déjà le jour de sa présentation à la cour était
fixé pour le jour du bal donné à l'occasion de la
fête de l'Empereur, lorsqu'on apprend que M. Ca-
simir Périer, chargé d'affaires de France, et tous

les Français de la légation ont écrit pour annoncer qu'ils étaient malades et ne pourraient, en conséquence, se rendre à la cour, Charles avec les autres ; mais la veille, ils étaient tous au théâtre et le jour même, ils se sont promenés en ville en très-bonne santé. Voici, à ce que l'on croit généralement, le nœud de l'énigme : plusieurs journaux avaient dit que M. de Palen, ambassadeur de Russie, avait quitté Paris pour ne pas être obligé de complimenter Louis-Philippe, comme son ancienneté l'y obligeait, en l'absence du comte Apponi, au nom de toute la diplomatie étrangère. Ces bruits de journaux ont apparemment fait impression sur la royauté de Juillet ; un courrier est arrivé avec un ordre de représailles et le Périer a fait cette incartade dans laquelle se trouve compromis notre cher Charles. On ne sait comment finira cette picoterie, dans laquelle on ne reconnaît guère la prudence connue de Louis-Philippe. Un courrier russe est parti le lendemain de la fête pour Paris. En attendant, M. Périer n'est plus reçu nulle part et personne ne va chez lui. Il avait pris la maison de M. de Barante et l'avait montée sur le plus grand pied ; toute la haute société avait été chez lui pour un concert et pour des dîners. L'Empereur avait traité Mme Périer avec beaucoup de distinction chez le comte Voronzoff au bal et *s'était fait présenter* à elle, disant que ce n'était pas aux dames, mais aux hommes d'être présentés. Voilà que tout est changé ! J'en suis fâché pour notre bon Charles ; s'il avait été présenté avant la bagarre, tout aurait pu s'arranger pour lui. Il nous a fait depuis lors une visite et l'on n'a parlé de rien.

* * * * * * * * * * * *

XC.

Pétersbourg, 18 mars 1842.

N'AURONS-NOUS donc plus dans notre correspondance que des pertes à déplorer, chère trop
bonne Valentine. La mort si imprévue de M. de
la Ferronnays nous a attérés ; nous l'avons apprise
par son fils Charles, qui a senti bien vivement son
malheur; il m'a fait pitié, tant il est abattu par ce
terrible coup. Il avait déjà pris congé de nous
pour se rendre à Rome et je le croyais parti depuis
plusieurs jours, lorsque nous l'avons vu revenir
chez nous. Il a changé de projet et remis son
voyage pour attendre des ordres de Paris. Il dîne
demain chez nous et, si j'apprends quelque chose
sur ses intentions définitives avant de finir ma lettre,
je vous en ferai part. Nous sommes les seules
personnes de la société qu'il voie. C'est une atroc
injustice envers ces jeunes gens que je ne sais pas
m'expliquer, car au fond M. Périer n'a fait que
remplir les ordres qu'il avait reçus et puisqu'il a
été invité et bien reçu par l'Empereur à un bal de
cour, ainsi que Mme Périer, on ne conçoit pas
pourquoi la société leur garde rancune. Quoi qu'il
en soit, sa position ici est fort désagréable et je

souhaite que La Ferronnays ne la partage pas plus longtemps. Périer a loué une grande et belle maison de campagne à Caminostroff et ne paraît pas disposé à abandonner la partie.

Avez-vous lu un article de *l'Ami de la religion* où se trouvent des détails intéressants sur la sainte mort de M. de La Ferronnays? Je ne l'ai point encore lu. On parle d'une conversion miraculeuse d'un juif qui a visité son cercueil. Je suis tout disposé à croire à une faveur particulière de Dieu envers cet excellent homme, qui était revenu à lui de si bonne foi et avec toute l'énergie de son grand caractère. Lorsque nous étions ensemble à la campagne, près de Lucques, il m'avait souvent parlé dans nos longues promenades du matin de ses opinions religieuses et du désir qu'il avait de fixer ses idées à ce sujet. Dieu commençait à l'attirer à lui et il vient de le prendre tel qu'il le voulait auprès de lui. On ne peut qu'envier une semblable mort. Voilà deux hommes plus jeunes que moi qui m'ont précédé! Dieu veuille m'accorder une telle fin! J'ai un saint de plus à prier maintenant et je devrais dire que j'en ai deux, car votre excellent beau-père est aussi notre intercesseur auprès de Dieu.

Vous dirai-je cependant, chère Valentine, que j'ai rougi de tout ce que votre amitié vous a dicté au sujet de ma *sainteté*. Hélas! hélas! combien je le mérite peu! Je tâche de me tenir en règle pour n'être pas surpris, voilà tout, mais ma dévotion n'est pas ce que vous pensez. Je suis loin d'avoir le caractère énergique de M. de La Fer-

ronnays et les terribles menaces qui ont été pro-
noncées contre les tièdes m'effrayent souvent. Si
je ne suis pas mieux, ce n'est pas les avertisse-
ments qui me manquent.

Je n'ai bientôt plus de contemporains parmi mes
parents et mes amis; je survis à la jeunesse et à
l'enfance, il est donc bien temps d'y penser. Ne
vous effrayez pas cependant de ces tristes lignes;
je me laisse entraîner malgré moi dans une série
d'idées sans pouvoir en sortir. La malheureuse
douleur sciatique qui m'empêche de sortir et de
prendre l'air m'assombrit un peu; mais, à part
cette indisposition locale, ma santé est si bonne
qu'elle me laisse la probabilité d'une longévité qui
deviendra bientôt ridicule, mais qui aura l'avantage
de me procurer encore quelque temps de vos aimables lettres et des témoignages de votre précieuse amitié. Je n'en ai jamais senti mieux le prix
qu'à présent, dans la solitude où nous vivons avec
ma bonne femme. Vos si bonnes et si longues
lettres nous donnent de si bons moments! Après
les avoir lues, nous faisons toujours une petite
excursion en Italie et surtout à Lucques; c'est là
où votre souvenir est tout brillant de bonté et
d'amabilité. Cet heureux temps est celui de toute
ma vie qui revient le plus souvent à ma mémoire. . . . .

. . . .

CXI.

A MONSIEUR LE COMTE DE MARCELLUS.

Pétersbourg, 7 juillet 1842.

JE suis bien reconnaissant, mon cher ami, de la part que vous avez prise aux *secousses* que m'ont fait éprouver divers articles des journaux dans lesquels il a été question de moi. J'avais dans le temps, et lorsque ma biographie parut dans les *Deux Mondes,* rédigé une réfutation que je voulais vous adresser, ou à M. de Lamartine. Mais je craignis, et je crains encore, de me compromettre avec les écrivassiers et je pense qu'il vaut mieux laisser tomber cela et n'en plus parler. Toute cette biographie de Sainte-Beuve est parfaitement ridicule ; ce qui m'a le plus choqué, est qu'il a cru me faire plaisir et flatter mon amour-propre en imaginant cette indécente bonne fortune chez le *Lépreux,* et cela pour faire une phrase, pour opposer la *suprême félicité* séparée de la *suprême infortune* par une feuille tremblante. « Nous étions bien sûrs, ajoute-t-il, de n'être pas *dérangés* dans cette solitude ! » Peut-on manquer à ce point d'égard et de délicatesse ! voilà mon cher et religieux *Lépreux* accusé de prêter son logement pour des aventures amoureuses ! Tout mon cœur se révolte à cette idée, et c'est moi qui l'ai fait connaître sous un bien différent rapport, c'est moi qui, bientôt octogénaire, aurai jeté sur sa noble mémoire ce

nuage dans lequel je suis enveloppé moi-même !
Car il faut bien observer que, dans cette notice
inconsidérée, j'ai l'air d'avoir dicté tout ce qu'elle
contient. J'aurais dû peut-être la désavouer toute
entière dans le temps, mais à présent il est trop
tard; on n'a déjà que trop parlé de moi, je veux
finir en paix. Le moment n'est pas loin où les
bruits de toute espèce ne parviendront plus jusqu'à
moi. Alors, et PAS AVANT, vengez mon cher *Lépreux* et son biographe, si vous le jugez à propos,
je vous y autorise et vous en prie. Pour tout le
reste, ce n'est que du ridicule et peu m'importe,
il n'en faut pas parler.

Je n'ai jamais reçu votre livre; M. de Barante,
à qui j'en ai parlé, ne le connaît pas non plus;
tâchez de voir ce qu'il est devenu. S'il est perdu,
je ne vous en tiens pas quitte, et j'en demande un
autre. Charpentier m'a adressé plusieurs livres par
la voie des libraires Belizards qui ont une maison
à Paris et à Saint-Pétersbourg; je les ai reçus
exactement.

Nous sommes au moment de notre séparation
avec les Friesenhoff et dans tous les embarras d'un
déménagement. La maison que nous occupons est
trop grande pour les deux vieillards qui vont être
seuls. Natalie et son mari partent à la mi-juillet.
Voilà une habitude de trente ans qu'il faut rompre
et la seule qui nous reste ! Ma pauvre femme est
sur les dents, après avoir cherché longtemps et
enfin trouvé une maison convenable où nous en-
trerons au 1er d'août; elle [Sophie] devient pesante,
son embonpoint augmente et sa santé décline ;

malheureusement je ne puis guère l'aider dans tous les embarras, car je suis très-mal sur mes jambes, ne pouvant monter et descendre les escaliers que soutenu par un domestique pour cause d'une scia-tique qui me laisse cependant tranquille et sans douleurs, lorsque je ne bouge pas. Il faut encore en remercier la Providence qui aurait pu me traiter plus mal suivant mon mérite.

Je pense que Natalie aura écrit à son amie que tous les effets qu'elle lui a adressés sont arrivés à bon port, après les avoir crus confisqués sans retour pendant plus d'un mois à la douane. Cela ne vaut pas la peine d'être raconté, puisque tout est reçu. Adieu donc, ménagez bien votre santé et vos rhumatismes, ne bravez pas l'avenir et mé-nagez le présent pour lui. Laissez là les longues chasses, les marais surtout, et continuez-moi votre précieuse amitié.

M. de Barante m'a prêté le *Port-Royal* de Sainte-Beuve. Cet ouvrage, quoique écrit avec le style ra-boteux de l'auteur, m'a fort amusé, en me laissant dans l'incertitude sur ses opinions personnelles. Si ce livre était écrit en langage ordinaire, je l'aurais relu une seconde fois.

XCII.

A LA VICOMTESSE DE MARCELLUS.

Pétersbourg, 10 juillet :842.

JE n'ai pas besoin de vous dire que nous ferons
tout ce qui dépend de nous pour aider M. X...
dans ses projets, et je puis vous répondre d'avance
de son succès dans le monde. Je ne puis rien vous
dire au sujet de son talent que je ne connais pas.
Il faut avoir ici une réputation faite, comme Horace
où comme Gudin, qui est maintenant en grande
faveur auprès de l'Empereur. . . . . . .
Le temps n'est plus où personne n'entendait rien
aux arts à Pétersbourg; la ville fourmille de peintres et d'amateurs. . . . .

. . . .
Je venais d'envoyer à la poste ma lettre à
M. de Marcellus, lorsque le courrier de M. de Barante m'a apporté les *Vingt Jours en Sicile*. J'en
ai déjà lu la moitié avec grand plaisir et *approba-
tion* complète; cet ouvrage achève très-bien les
Souvenirs d'Orient. Je lui ai écrit dans un moment
de chagrin et d'irritation contre Sainte-Beuve.
Heureusement ces moments sont rares et durent
peu; maintenant je n'y songe déjà plus et je lui
conseille d'en faire autant. J'ai été bien étonné de
voir que ce monsieur s'est présenté comme candidat à l'Académie. S'il suffit de faire de mauvais
vers et de détestable prose pour être-élu, il y a

tout droit. Cependant, j'ai lu avec plaisir son livre de *Port-Royal* malgré le style dur et embarrassé qui oblige souvent de relire pour comprendre.   .

.   .   .   .

.   .   .   .

XCIII.

A LA MÊME.

Pétersbourg, 12 juillet 1842.

VOUS voyez par cette date, chère trop bonne, que je réponds bien tard à votre lettre de Beaune du 3 juin. Natalie vous a probablement fait part de tous nos déboires : un incendie qui nous a détruit une fabrique de draps dans nos terres et cent-douze maisons de paysans, la maladie de ma belle-sœur qui a été à toute extrémité et qui se remèt avec beaucoup de peine. Nous l'avons amenée à la campagne près de la ville, où nous sommes établis depuis treize jours. On la promène en chaise roulante dans les allées du jardin, mais jusqu'à présent elle n'a pas gagné beaucoup. La pluie est continuelle ; le site dans les îles est humide et nous attendons le beau temps avec anxiété. Ma pauvre femme a soigné la malade avec le cœur que vous lui connaissez, passant les nuits sans se déshabiller, en sorte que mes craintes étaient autant pour elle que pour sa sœur. Et pour compléter le guignon qui nous poursuivait, elle s'est laissé tomber de son haut sur la pierre contre laquelle elle a frappé du front au-dessus du sourcil; elle a répandu beaucoup de sang de la blessure, ce qui peut-être a été favorable. L'œil est devenu noir comme de l'encre; le sang extravasé s'est étendu jusque sur la joue, ce qui l'a défigurée pendant plus de quinze jours; il reste encore une teinte jaune qui ne semble pas vouloir finir bientôt. Je ne pouvais lui être d'aucune utilité; ma belle-sœur loge au palais et l'on ne parvient à son appartement qu'en montant cent trente-trois marches. Ma sciatique, qui ne fait que croître et embellir, m'ôtait la possibilité de la voir; je m'y suis fait porter une seule fois, lorsque le grand danger a été passé et que je pouvais lui parler. Jugez, chère Valentine, de la fatigue qu'a supportée Sophie avec son pauvre gros ventre qu'elle transportait là-haut chaque jour. Elle venait dîner avec moi à cinq heures et repartait à huit. Pendant tout ce temps, je ne manquais pas de temps pour écrire, car je vivais absolument seul; mais lorsqu'on n'a rien de bon à dire, il en coûte de se mettre à l'œuvre et ma plume devient alors plus pesante qu'une barre de fer.

Maintenant que le gros du mal est passé, je puis vous raconter nos catastrophes qui vous affligeront d'autant moins que nous n'y pensons plus nous-mêmes. Sophie est gaillarde, active comme à l'ordinaire, menant son ménage à merveille et soignant son vieux mari avec autant de plaisir que si c'était une occupation agréable.

Notre campagne est charmante : bonne maison, beau jardin, grands arbres; nous en jouirons lorsque le soleil voudra bien reparaître. Oh! le triste climat, bonne Valentine. Que ne sommes-nous assis avec vous dans ce bosquet de tilleuls où j'aimais tant me promener avec vous! Je dis *assis*, car je ne pourrais pas vous accompagner à la recherche des champignons, mais je vous verrais soigner vos dahlias, et je serais à Audour! Dites-moi comment vont les dahlias et les deux arbres que nous avons plantés; parlez-moi de cette contrée charmante et des amis qui viennent vous visiter; je veux au moins y vivre en idée. . . .

. . . .

. . . .

Sophie vous remerciera au premier jour du joli cadeau que vous lui avez fait et qui lui a fait un très-grand plaisir. Ne vous étonnez pas de ce qu'elle ne vous a pas encore répondu, vous savez que ma chère épouse a toujours été plus ou moins attaquée de *scrivophobie*. J'ai inventé ce mot pour elle, mais vous savez aussi que personne n'aime plus tendrement ses amis qu'elle et vous par-dessus tous les autres.

Nous avons dîné hier avec le vicomte d'Arlincourt chez le comte Strogonoff, où il a lu une nouvelle de sa façon qui nous a intéressés. Il est fort aimable en société, mais un peu ridicule. Lorsqu'on lui parle, il se retire tout à coup dans un coin du salon pour écrire des notes. Dans une de nos brillantes sociétés, il a vu deux petits nègres, et a demandé s'ils étaient esclaves. La dame de la maison lui répondit que non, parce qu'ils sont baptisés et que, par conséquent, ils sont libres.

— Ainsi, madame, si vos paysans se font baptiser, ils seront libres !

L'auteur *d'Ipsiboë* ignorait que les Russes sont chrétiens. Fiez-vous après cela à vos journalistes sur ce qu'ils vous disent sur la Russie! Voilà des commérages. Adieu, chère enfant, mille choses au cher comte, n'imitez pas ma paresse.

XCIV.

A LA MÊME.

Pétersbourg, 25 août 1842.

JE ne sais par quelle indigne distraction j'ai pu négliger de vous remercier pour votre charmant bonnet, que j'avais sur ma tête en vous écrivant. Il est venu fort à propos, maintenant que l'humidité de l'automne va le rendre plus nécessaire pour préserver ma tête mal défendue par quelques cheveux blancs clair-semés qui, selon le poëte de Saint-Point, sont « les ailes de la pensée ». N'ajoutez cependant rien aux cheveux de mon portrait, voyez-moi toujours comme j'étais lorsque vous l'avez peint; ma pensée et mon cœur seront toujours jeunes pour vous. . . . .
Je ne sais comment j'ai pu mériter tant d'amitié, ni comment vous en témoigner toute ma reconnaissance. Vous faites bien de me parler d'Audour et de vos dahlias; ma pensée erre sans cesse autour de ces corbeilles de fleurs; je n'ose pas vous

demander si les arbres que nous avons plantés
existent encore. Dirigez de temps en temps le
tuyau de vos pompes à leur pied. La description
que vous me faites de votre nouvel atelier m'a fait
venir l'eau à la bouche! Hélas! le grand paysage
d'après nature et de grandeur naturelle n'aura jamais lieu! Je n'ai pas touché un pinceau depuis
que je suis à la campagne, où j'avais apporté tout
ce qu'il faut pour peindre. Je n'ai rien dans mon
jardin qui mérite d'être peint, et mon infirmité
m'empêche de chercher les sites favorables. J'es-
pérais que la belle saison me rétablirait, mais il
n'en est rien et la bonne santé dont je jouis pour
tout le reste de mon individu, me fait sentir plus
vivement l'impossibilité où je suis de courir les
champs. . . . .

. . . . . . Je ne saurais vous dire si j'ai été
content de l'entrée à la chambre des députés du
marquis. Son rôle militaire était si beau, il était
si bien placé pour servir son pays, sans sortir de
la ligne qu'il suivait, que j'ai quelque regret de le
voir entrer dans ce volcan. Tous mes vœux l'accom-
pagnent dans la nouvelle carrière qu'il entreprend. '

. . . . Vous avez eu une bien bonne
idée en vous proposant de publier les travaux de
monsieur votre père; c'est une entreprise charmante et qui réussira sûrement, parce que vous y
mettrez toute la force et la constance de votre
caractère et de votre tendresse filiale. Je ne connais
pas le portrait dont vous me parlez, n'ayant jamais visité votre père que dans son atelier au
Louvre. Je ne connais que ce joli portrait en émail

que vous aviez avec vous. Tenez-moi de grâce au
fait de la marche de cette entreprise à laquelle je
m'intéresse de cœur. J'ai ouï parler de M. Calame
dont vous copiez le tableau ; M. Töpffer en fait
grand cas. . . . . . .

XCV.

A LA MÊME.

Pétersbourg, 29 décembre 1842.

Vous me reprochez, bonne Valentine, de ne pas
remplir toutes les pages lorsque je vous écris,
mais songez donc que lorsque je vous écrivais de
longues épîtres j'étais jeune encore, je n'avais que
soixante ans ! Aujourd'hui c'est bien différent et,
quoique mon cœur soit toujours le même, mon
esprit, mon imagination s'éteignent chaque jour
de plus en plus et ne savent plus tracer ce que
mon cœur leur dicte. Lorsque les Friesenhoff reçoivent vos aimables dépêches, j'éprouve un petit
mouvement d'envie que je réprime aussitôt par un
mea culpa bien sincère et bien senti, en me proposant de mériter bientôt la même faveur ; puis
les heures et les jours passent à travers une atmosphère d'apathie et de découragement. Depuis votre
dernière lettre, j'ai reçu de Savoie de tristes nouvelles : une nièce chérie, avec laquelle j'étais en
correspondance depuis près de trente ans et que je
chérissais entre tous mes parents, m'a été enlevée

tout à coup. Quoique bien sûr de ne plus la revoir si elle avait vécu plus longtemps, sa perte m'a vivement affecté. Sans avoir un pressentiment de sa fin précipitée, elle m'écrivait dans sa dernière lettre : « Nous ne nous reverrons plus sous les noyers de Toiry. » C'est une petite maison dans la montagne, où j'ai passé une journée avec elle ; vous ne sauriez croire ce que j'ai éprouvé en relisant ce triste et trop véritable augure. . . .

Je ne suis plus guère heureux et mes jambes refusent leur service ordinaire ; et ce double état de choses fait que nous gardons le logis et ne voyons que bien peu de personnes, presque toutes nouvelles connaissances, car les anciennes, sur lesquelles nous devions compter, ont pris d'autres habitudes pendant notre absence, et ce ne sont plus que des visites de convenance. A ce sujet, nous disons souvent qu'il n'y a qu'une Valentine dans le monde, dont la constante et tendre amitié est à l'épreuve du temps et de l'éloignement. J'ai lu avec grand plaisir dans quelques journaux que les *Souvenirs d'Orient* ont le succès qu'ils méritent et qu'ils sont admis comme livre classique par l'Université. Vous verrez qu'on ne s'en tiendra pas là, et que ce livre sera de toute nécessité dans les mains de tous les voyageurs en Orient, tandis que je doute fort que le *Voyage* de Lamartine puisse jamais leur être aussi utile, malgré son mérite que je ne veux pas déprécier. Je lis toujours avec grand plaisir ses éloquents discours à la Chambre, quoique je sois tout à fait incapable de les juger, mais ils me rappellent sa belle physionomie et je crois entendre

le son de sa voix. Je lui désire tout le succès qu'il
ambitionne dans cette carrière dangereuse. On
nous a dit pendant quelque temps qu'il serait
nommé ambassadeur à Vienne : pourquoi pas
ici? Je crois que ces emplois lui iraient fort bien
et qu'il y trouverait plus de bonheur qu'il n'en
peut rencontrer dans le chaos au milieu duquel il
tourbillonne sans but et sans résultat. Rappelez-
moi de grâce à son souvenir sans lui faire part de
mes réflexions. . . . .

J'ai le projet de peindre dès que les jours repa-
raîtront, car je vous écris à la lampe à quatre heures
après midi. Natalie en veut faire autant ; elle a
déjà tracé la copie d'un charmant tableau de Katel,
clair de lune et lumière de feu. . . . Je pense
que la vie de Paris et les inquiétudes politiques
vous empêcheront de vous occuper de peinture.
Je vous prie de parler de moi au marquis et à la
marquise Oudinot ; je voudrais n'être pas oublié
en si bon lieu. Dites à votre amie que, *bien sûr*, je
ne l'oublierai jamais. Ma femme vous dit mille
tendresses. Adieu, chère enfant, je suis à vos pieds
de cœur et d'âme.

Cette lettre vous sera remise par Centurione
auquel je l'adresse, par un courrier de l'ambassade
française. Nommez-moi à Mme de Lauriston dont
la riante image me revient souvent à la pensée.

XCVI.

A LA MÊME.

Pétersbourg, 4 février 1843.

JE m'empresse, chère trop bonne, de vous accuser la réception des deux livres que vous m'avez envoyés. Votre exactitude et votre bonté ne me surprennent jamais, vous m'avez blasé sur ce point, mais tant de preuves si constantes de votre amitié me font toujours un nouveau plaisir et je ne trouve jamais de remerciements à vous faire qui me satisfassent. Le livre de M. Pierre Simon est entre les mains de notre médecin qui décidera s'il peut être utile. Les œuvres inédites sont entre les miennes et j'en ai déjà fait mon profit dans la soirée d'hier en lisant les vers qui sont charmants, pleins de sentiment et de bon goût. Je ne lui avais pas connu ce genre de talent. J'avais déjà lu *Baltimore* que vous m'avez prêté à Paris, ce soir ma femme me lira *le Quaker de Philadelphie.* C'est elle qui me fait la lecture dans nos soirées solitaires, tandis que toute la ville est en train de fêter et de danser. . . . .

. . . .

Nous voyons quelquefois M. Horace Vernet qui va commencer un tableau énorme de la famille impériale. On m'a dit (ce n'est pas lui) que ce sera la représentation d'un tournoi, l'Empereur armé

en guerrier du moyen âge, l'Impératrice en costume analogue, les jeunes grands-ducs en pages et
tout le monde à cheval. Je ne sais si les deux
jeunes grandes duchesses seront comprises, ce qui
ne gâterait rien, car elles sont ravissantes. Vernet
jouit de la plus grande faveur à la cour et il est
aimé de tous ceux qui le connaissent ; c'est une
des plus belles carrières de peintre qui soit connue,
sans même en excepter Rubens l'ambassadeur.

. . . . Je vous prie de remercier M. de Caraman de la mention honorable
qu'il a faite dans sa petite brochure de notre présence à Saint-Point. Ma femme a été touchée de
son souvenir. Mille hommages de notre part au
numéro 32, rue de Bourgogne. Hélas! ne reverrai-je
plus ces rues chéries, ce cher Paris? Encouragez-
moi, je ne demande qu'un mois ou deux. Adieu,
chère comtesse, je suis à vos pieds.

. . . .

XCVII.

A LA MÊME.

Pétersbourg, 19 avril 1843.

SOPHIE me charge de vous dire toutes les tendresses de son cœur. Depuis qu'elle a tant
d'affaires sur les bras, elle est en faute avec toutes
ses correspondances et regrette surtout de l'être
envers vous, mais vous connaissez sa tendresse

pour vous et vous l'excuserez. Sa santé est maintenant très-bonne, je n'ai plus d'inquiétude à ce
sujet; elle a beaucoup maigri, ce qui la rend plus
ingambe et lui permet l'activité nécessaire dans ces
circonstances, mais en même temps elle a beaucoup vieilli. Elle fait faire son portrait par un
très-habile peintre; les deux premières séances
annoncent beaucoup de ressemblance, mais la
cruelle vérité devient évidente à ce qu'elle prétend.
J'espère qu'en finissant nous en serons plus contents, car pour moi je trouve que ma femme est
encore jolie pour son âge; lorsqu'avec les artifices
de la toilette elle a dissimulé et caché les imper-
fections qui peuvent l'être, il lui reste un bon
visage qui fait plaisir à voir. Ce portrait est pour
Natalie qui le sollicite depuis longtemps. Tenez-
moi au fait, chère Valentine, de vos entreprises
pittoresques; dites-moi la grandeur et le sujet du
tableau que vous avez commencé et quelques détails aussi sur ceux de votre cousin aux succès
duquel je m'intéresse vivement. Que ne puis-je
visiter, ne fut-ce que pour une heure, vos deux
ateliers? Merci pour le précieux album que vous
me promettez; il fera l'ornement de notre salon.
Je ne suis pas étonné que vous ne soyez pas contente du portrait; il faudrait pour vous satisfaire
que le peintre eût réuni dans ce travail les idées
qui vous restent des différents âges de la vie de
l'excellent père que vous regrettez, il faudrait que
cette image fût à la fois jeune, gaie, triste et âgée!
Hélas! impossible. Mon portrait que vous avez fait
avec tant de soin ne me ressemble plus.

Ainsi tout change, ainsi tout passe,
Ainsi nous-mêmes nous passons,
Sans laisser, hélas! plus de trace
Que cette barque où nous glissons,
Sur une mer où tout s'efface.

Dites-moi aussi de grâce si ces cinq petits vers de notre célèbre ami ne valent pas mieux que ses derniers discours? Parlez-moi de lui, je l'aime toujours *quand même* et au fond je suis si ignorant en politique, que je ne sais trop quel jugement porter sur ses variations. J'ai travaillé tout l'hiver passé à trouver une explication des variations du baromètre et j'ai envoyé ma dissertation à l'Académie de Turin. Si elle est approuvée, j'entreprendrai l'explication des variations politiques et poétiques de notre ami. Quoi qu'il en soit, il faut que le plaisir de parler en public surpasse tous les plaisirs du monde. On assure que les brillants succès que la comtesse Rossi a eus dans l'aristocratie de Saint-Pétersbourg, où elle était traitée d'égale à égale, ne la consolaient point de ceux qu'elle avait eus sur les planches et qu'accablée des faveurs impériales, elle regrettait souvent le frémissement approbateur du parterre qui précédait des applaudissements à tout rompre ; cela se conçoit. Le frisson de plaisir que j'éprouve en lisant *la vallée de Baïa* ou *le Lac* ou *l'Isle d'Ischia*, Lamartine ne le sait pas et je n'ose pas lui en parler lorsque je le vois, au lieu que, lorsqu'il descend de la tribune, ses amis lui serrent la main ; de toutes parts : « Fort bien, à merveille ; » là on paye comptant, et l'orateur satisfait revient lentement à sa place à droite, ou à gauche ou au milieu :

Qu'importe, il a parlé à merveille. . . . . .

. . . . Si nous allons à la campagne cet été, je veux absolument mettre à l'épreuve mes yeux et commencer un paysage. Mes yeux sont encore ce qui me reste de mieux dans ma chétive personne ; pourquoi ne m'en servirais-je pas ? Mon cœur se fâche contre mes yeux et prétend être plus jeune, il a au moins l'avantage de pouvoir me parler de vous !

XCVIII.

A LA MÊME.

Pétersbourg, 26 mai 1843.

. . . .
. . . .

HÉLAS ! je ne verrai probablement pas vos petites Piémontaises et tous vos travaux depuis que vous vous êtes remise à la peinture, il faut se résigner à la volonté de Dieu, mais c'est bien difficile. Qu'est devenu ce temps heureux où nous étions établis ensemble avec nos chevalets sur un pont, dans le chemin des bains de Lucques ! c'était le bon temps :

Félicité passée,
Qui ne peux revenir,
Tourment de ma pensée,

> Que n'ai-je en te perdant
> Perdu le souvenir !

Croiriez-vous que ce temps que j'ai passé en
Italie, depuis le jour où j'ai fait votre connaissance, est celui de toute ma vie qui revient le plus
souvent à ma pensée, qui n'était obscurcie par
aucun nuage?

Tout me souriait alors, et maintenant il ne me
reste plus que des souvenirs trop mêlés à d'autres si différents et si cruels.

Vous comprendrez donc et vous m'excuserez, si
je me laisse aller souvent au découragement,
quelquefois seul dans mon cabinet qui donne sur
une cour silencieuse, et pendant que ma chère
Sophie travaille avec ses intendants pour l'arrangement de nos affaires, je laisse passer des heures
et des heures à réfléchir sur les événements de ma
longue vie.

Quelquefois alors, le silence est interrompu par
un orgue qui vient jouer en ton mineur un de
ces motifs mélancoliques si connus qui semblent
un écho de ma jeunesse, et je frissonne à la fois
de plaisir et de tristesse ; mais ce dernier sentiment l'emporte bientôt et surnage seul.

Ne me demandez pas pourquoi je vous fais
part de mes rêveries. — A qui voulez-vous que
je les écrive? Je sais que vous les comprendrez;
ne vous ai-je pas dit une fois que vous étiez l'é-
missaire de ma pensée! En effet, quoique j'aie
quelques amis et de bons et aimables parents,
je n'oserais écrire de semblables confidences

qui leur paraîtraient peut-être un peu ridicules,
mais à Valentine, c'est comme si je me parlais à
moi-même. . . . .

. . . .

XCIX.

A LA MÊME.

Pétersbourg, 17 octobre 1843.

CHÈRE trop bonne Valentine, j'ai regretté de
vous avoir fait écrire par Pallegoix, au lieu
d'attendre le moment où je pourrais vous dire
que je suis rétabli. Je l'avais prié de vous écrire,
et il a jugé à propos d'adresser sa lettre à M. de
Marcellus ; cette précaution de ménagement me
donne un air de prétention que je n'ai pas, je
voulais seulement que vous connussiez la raison
de mon silence. Me voilà sur pieds maintenant,
ou du moins sur un pied ; ma maladie, toute violente qu'elle ait été, n'a pas influé sur la sciatique
et m'a laissé plus boîteux que jamais, mais j'y
suis accoutumé et je ne me décourage pas, pourvu
que je reçoive de temps en temps des nouvelles
de mes amis qui me font sentir tout le prix de la
vie et le seul qu'elle puisse avoir.

J'en ai reçu une de M. Oudinot qui m'est arrivée au moment où je commençais à me reconnaître ; elle est si aimable, si cordiale, que je suis
sûr qu'elle a contribué à mon rétablissement qui,

au dire du médecin, a été plus prompt qu'il ne s'y attendait.

Il ne me reste plus qu'une grande faiblesse et une maigreur qui me donne l'aspect d'un véritable ressuscité. Il s'agit maintenant de guérir de la convalescence ; Dieu y pourvoira, si c'est sa volonté, et votre amitié y contribuera. Je compte sur elle et je vous déclare que je veux vous aimer le plus longtemps possible. Ma chère Sophie a supporté la fatigue et le chagrin dont j'ai été la cause avec beaucoup de courage et sans en souffrir pour sa santé ; elle est maintenant occupée de notre déménagement en ville ; je l'aide de mes regards reconnaissants ; elle est toujours comme je la connais depuis trente ans, la meilleure des femmes et votre digne amie. Elle me charge de vous exprimer toute sa tendresse.

J'espère que cette lettre vous trouvera encore à Marcellus, et je vous prie de m'informer de votre changement de domicile lorsqu'il aura lieu.

* * * * * * * * * * * *

C.

A LA MÊME.

Pétersbourg, 1843.

Nous avons un hiver qu'on n'a jamais vu à Pétersbourg ; le thermomètre constamment entre deux degrés de chaud et un degré de froid ;

on commence à craindre de manquer de glace pour l'été, quoique la Néva soit prise d'une légère croûte qui a permis de remettre les ponts. Vous aurez, sans doute, appris la guérison miraculeuse de ma petite-nièce, qui est décrite dans plusieurs gazettes. La description de l'*Union catholique* est la seule exacte ; la santé de la jeune personne continue à être parfaite, elle ne retournera plus dans son couvent de Turin, elle est maintenant à servir avec les sœurs grises à l'hôpital de Nice. Cet événement a fait une grande sensation à Nice.

Le lendemain de sa guérison, quatre-vingts personnes ont été communier avec elle. Pendant la messe, elle a été à genoux sur les dalles de l'église, sans éprouver aucune fatigue. Jamais miracle n'a été plus extraordinaire, ni mieux constaté. . .

CI.

A LA MÊME.

Pétersbourg, 30 avril 1844.

VOUS me dîtes, chère Valentine, que je suis bien dur envers vous, comment cette parole a-t-elle pu tomber de votre bouche sur mon cœur? Vous n'êtes pas la seule qui se plaigne de moi. J'écris très-peu maintenant, il est vrai ; non pas que mon affection pour mes parents et mes amis

soit refroidie, cette affection est encore tout ce
qui soutient ma vie, et leur amitié ce qui peut
l'embellir, ou du moins lui donner quelque prix.
Sans les tendres soins de ma chère Sophie, qui
pense et agit pour moi, sans le souvenir de mes
amis absents et les témoignages d'amitié que j'en
reçois de temps en temps, je cesserais bien vite
d'exister, et, comme la lampe des vierges folles, je
m'éteindrais faute d'huile.

Je me reproche avec d'autant plus de raison
mon inexactitude, que ce n'est pas le temps qui
me manque, car je ne sors jamais de la maison,
depuis que j'ai une chapelle chez moi ; ma femme
est seule chargée du ménage et des affaires exté-
rieures.

J'ai beaucoup de plaisir à vous écrire et à recevoir de vos nouvelles ; pourquoi donc ne pas
écrire ?

Pourquoi suis-je dur envers cette bonne Valentine ! C'est une énigme que je ne puis m'expliquer
autrement que par l'apathie que produisent l'âge
et les infirmités.

Croiriez-vous que, sans sortir de la maison,
qui est très-confortable, j'ai été attaqué d'un vio-
lent mal de gorge qui a causé quelque inquiétude
à Sophie, parce que ma grande maladie, pendant
laquelle vous m'avez laissé à Naples, avait commencé par les mêmes symptômes. Un collier de
sangsues m'a tiré d'affaire, et je suis maintenant
sur pieds. L'indisposition pour laquelle vous m'a-
viez conseillé les eaux d'Evian s'est aussi dissipée ;
je me trouve maintenant dans la situation de ce

marquis de Pomenars, dont parle Mme de Sévigné, qui s'était disculpé de plusieurs procès criminels, et était au courant de sa fausse monnaie. Au moment où je vous écris, je suis au courant de ma sciatique, c'est un procès que je ne gagnerai jamais ; j'en ai pris mon parti.

Depuis ma dernière lettre, j'ai appris de mauvaises nouvelles de ma famille. J'ai perdu un neveu que j'aimais. M. de Lamartine vous l'aura peut-être dit, il était beau-frère du grand poëte. Il laisse un fils nouvellement entré au service dans le génie, et une fille charmante de dix-huit ans ; c'est celui de mes neveux dont l'âge se rapprochait le plus du mien, mais bien jeune encore pour que j'eusse pu m'attendre qu'il me précéderait. . . . .

. . . .

J'ai recommencé à peindre ; voilà un petit paysage sur le chantier, mais les mêmes raisons qui m'empêchent d'écrire m'empêchent aussi de peindre. Je n'avais plus rien entrepris après le tableau que j'ai peint pour ma chapelle.

Celui que je viens de commencer n'avance pas, mes couleurs sèchent sous l'eau, il me faut en préparer d'autres.

Une des qualités que j'envie le plus en vous est cette activité, qui vous fait profiter du temps dont les moindres parcelles sont employées, et qui vous permet de passer d'une occupation à l'autre, sans intervalle et sans paresse. Vous ne connaissez pas ce défaut ; nous avons souvent pensé, ma femme et moi, lorsque nous vivions près de vous, que vous êtes la seule jeune femme qui se lève de meilleur matin que son mari, qui cependant est bien loin d'être un dormeur ni un paresseux.

Il vient de nous en donner une bonne preuve dans le bel album que j'ai reçu. C'est un monument digne de celui auquel il a été consacré, et de celui qui l'a érigé ; je l'ai lu tout entier, au moment même où je l'ai reçu, avec un plaisir inexprimable.

J'aurais reconnu l'auteur du texte, lors même qu'il ne l'aurait pas déclaré ; je croyais le voir et l'entendre en le lisant. Recevez donc, mes chers et bons amis, mes tendres remerciements pour ce cadeau précieux qui me rappellera souvent votre amitié et le souvenir d'un homme que j'ai trop peu connu, mais pour lequel j'avais conçu une si haute estime et qui, outre ses talents et ses grandes qualités, avait le mérite d'être le père de l'excellente Valentine.

Nous avons loué une campagne dans les îles de la Néva ; elle est très-belle, le site est un peu humide, mais fort agréable. L'air était meilleur à Czarko-Selo où nous avons passé la dernière saison, mais l'eau y est mauvaise et calcaire. Il fallait faire venir l'eau de la Néva et, d'ailleurs, j'y ai été si malade que j'y ai pris guignon. J'emporterai avec moi des pinceaux et des livres. Je lis beaucoup maintenant : Paris nous inonde de brochures ; tout nous arrive malgré les défenses et la censure. J'ai suivi tous les débats entre l'Université et le clergé.

J'ai lu MM. Michelet et Quinet, et la réfuta-

tion par un solitaire. Je reçois l'*Université catholique* par communication clandestine ; j'ai lu de
la même manière le livre du R. P. Ravignan sur
l'institut des Jésuites, et j'en ai été charmé ; il
m'a fait revenir de bien des idées fausses sur le sujet qu'il traite ; c'est un de ces livres qui font dé-
sirer de connaître l'auteur et qu'on a du plaisir à
relire ; enfin j'ai lu les *Mystères de Paris*, pour
n'y jamais revenir.

Il faut avoir le diable au corps pour imaginer
de semblables atrocités. D'après cet essai je me
propose de ne plus lire de romans, à moins que
vous ne me les recommandiez . . . .
. . . . . . Je ne sais si je vous ai dit que
Natalie nous a envoyé son portrait, vrai chef-
d'œuvre de peinture et de ressemblance, minia-
ture du célèbre Delfinger.

Le peintre l'a représentée telle que nous l'avons
connue à Rome, c'est-à-dire un peu flattée pour
le moment présent ; je ne me lasse pas de la regarder.

Le plaisir que nous avons éprouvé en le recevant m'a causé un remords de n'avoir pas profité
de tant d'occasions où j'aurais pu me procurer
votre portrait.

Comment se fait-il que nous n'ayons pas la
moindre esquisse de ce visage que nous chérissons tant ? Au lieu d'y penser en temps oppor-
tun, j'ai eu la sottise de vous envoyer mon buste.
Il m'arrive quelquefois d'avoir des absences ; c'est
comme une solution de continuité dans le bon
sens qui dirige ordinairement ma vie.

Rien ne pouvait me faire plus de plaisir que le succès de votre portrait au Salon ; félicitez, je vous prie, l'auteur de ma part et de celle de ma femme qui ne l'a pas oublié et qui se rappelle à son bon souvenir. . . . .

. . . .

CII.

A LA MÊME.

Pétersbourg, 29 mai [1844].

JE n'ai pas répondu aussitôt que je l'aurais pu à votre lettre, chère trop bonne, parce que j'ai pensé que ma réponse ne vous trouverait plus à Paris et j'ai préféré vous l'adresser à Audour, dans l'espoir qu'elle y arrivera en même temps que vous.

D'ailleurs, je vous avais amplement tranquillisée, au sujet de ma santé dont vous avez eu la bonté de vous inquiéter, dans ma lettre du 1er mai ; si j'étais vaniteux, je pourrais croire que c'est par sympathie que nous avons pris la plume le même jour pour nous écrire.

Comme je suis parfaitement remis de cette in-disposition dont vous me parlez, je n'ai plus rien à vous dire sur ce qui me regarde. Nous allons partir pour une campagne que nous avons louée dans les îles de la Néva ; il me tarde de voir des arbres et de la verdure, dont je n'ai pas joui depuis bien longtemps, et de me distraire du triste événement qui vient de m'enlever un neveu chéri; c'était le plus âgé de tous, et comme il avait été de bonne heure raisonnable et que j'ai été longtemps jeune, nous avons été pendant quelque temps sur le pied de camarades. Notre longue séparation n'avait point altéré notre confiance réciproque ; je le regrette beaucoup. Sa sœur, malade depuis son enfance et qui, selon toute probabilité, ne devait pas lui survivre, m'écrit une lettre touchante sur cette perte imprévue qui la laisse seule de sa famille, et la condamne, sans force ni santé, à survivre à tous les siens. Ce cher homme s'est vu mourir pendant trois semaines et a supporté avec une fermeté religieuse la certitude d'une fin prochaine.

Après avoir reçu tous les sacrements, il a fait ses dispositions testamentaires tranquillement assis à sa table, et n'a gardé le lit que pendant deux jours. Il laisse à sa fille 100,000 francs; c'est, je crois, la moitié de sa fortune; son fils ne gardera que la terre favorite de Servolex.

Je ne sais pourquoi je vous écris ces tristes détails que vous savez, sans doute, par M. de Lamartine.

Nous attendons le retour du beau temps pour nous transporter à la campagne. Après les chaleurs du mois d'avril qui nous ont rappelé le climat de Naples, nous n'avons plus que quatre degrés de chaleur et des pluies continuelles, pendant lesquelles il ne nous est pas possible de déménager. C'est un triste et cruel climat que celui où la Providence m'a fixé; félicitez-vous, chère amie, d'habiter la belle France.

> La nature marâtre en ces affreux climats,
> Ne produit pour tout bien que du fer, des soldats.

Passe encore, quand le fer est employé à faire des chemins; je ne désespère pas qu'on en fasse un si grand nombre que nous pourrons aller à Paris dans huit jours. Alors il n'y aura sciatique qui tienne; j'irai à Paris, si vous ne venez pas ici. En attendant, je fais en imagination une promenade autour de vos dahlias, et je me repose dans le bosquet de tilleuls que j'aime tant et dans lequel vous lirez peut-être cette lettre.

J'en étais là, lorsqu'on m'apporte une nouvelle épître de votre part.

Etes-vous donc bonne, chère enfant! voilà trois lettres que je reçois de vous, pour une seule que je vous ai adressée. Je suis touché au dernier point de votre constante amitié; ne la laissez pas assoupir, de grâce; écrivez-moi toujours de temps en temps quelque bonne parole; j'en aurai besoin cet été, car nous allons être bien seuls; les Ribeaupierre, nos meilleurs amis, partent bientôt.

M. de Ribeaupierre vous a-t-il dit que son fils se marie : il épouse une princesse Troubeskoï. Son père a eu quelque peine à consentir à son mariage; la jeune personne est fort jolie, ce qui suffit au jeune homme, mais elle n'est pas riche, et son fils est si jeune!

Ma Sophie est toute honteuse de se voir si coupable envers vous, mais la pauvre femme est accablée d'affaires qui pèsent uniquement sur elle, et qui ne vont pas toujours au gré de ses désirs. C'est elle qui me soigne, qui me fait la lecture, et je n'ai pas le courage de la gronder, elle passe toute la matinée à écrire des papiers d'affaires, mais toujours avec la ferme intention de vous écrire. Vous connaissez son cœur, qui est la moitié du mien, et vous savez si elle vous chérit.

. Adieu, donnez-nous vite des nouvelles d'Audour. J'espère que M. de Marcellus est totalement délivré des rhumatismes qui l'ont si souvent tourmenté ; j'y pense à chaque nouvelle recrudescence de ma sciatique ; dites-lui, je vous prie, mille choses aimables de ma part.

CIII.

A LA MÊME.

Pétersbourg, 27 août 1844.

J'AI voulu me remettre à la peinture, et j'ai commencé un paysage d'après nature, un *Coucher du soleil* ; mais, quoique mes yeux soient tout aussi bons que lorsque nous peignions jadis ensemble sur un certain pont à Lucques, je vois avec chagrin qu'il ne suffit pas d'avoir des yeux pour peindre : j'ai été bien mécontent de mon ébauche. Après avoir fait une esquisse du site en calèche, je croyais pouvoir me souvenir des belles teintes du ciel, mais ma mémoire ne s'est pas conservée comme mes yeux, et je ne sais trop si je

continuerai cette entreprise. Vous ne pouvez pas
vous faire une idée de la beauté du soleil couchant
dans le Nord pendant les longs jours de l'été. Le
spectacle, qui ne dure que quelques instants dans
nos pays, dure ici pendant plusieurs heures, et,
comme le ciel est presque toujours parsemé de
nuages, on voit souvent des effets de couleurs
admirables et toujours différents chaque soir.
Tous les jours, nous allons avec ma femme nous
promener en calèche, une heure avant le coucher
du soleil, pour étudier le ciel et les reflets dans le
beau fleuve qui entoure les îles de la Néva, et je
reviens tout plein d'enthousiasme, mais le lendemain, lorsque je veux rendre sur la toile ce que j'ai
vu et senti avec tant de plaisir, ma pauvre mémoire se trouble et confond les différents tableaux
qu'elle ne peut retenir qu'imparfaitement, et il
résulte de cet élan infructueux, hélas ! — un mécompte ; mais je ne me décourage pas, je continuerai jusqu'à la fin ; quelques bonnes lettres de la
bonne Valentine viendront de temps en temps
ranimer mon imagination endormie et me tirer de
mon apathie... J'ai lu la *Vie de Rancé*, par M. de
Chateaubriand. Je n'ose presque pas vous dire
que je n'y ai pas trouvé ce que j'attendais ; c'est
un assemblage de notes incohérentes qui me
laissent en suspens sur l'idée que je dois avoir du
célèbre anachorète, mais ce que je ne lui pardonne pas, c'est d'avoir dénigré Fénelon, en disant
qu'il y avait plus d'orgueil que de sincérité dans
la rétractation publique qu'il fit en chaire de ses
erreurs ascétiques désapprouvées par le Saint Père.

On a toujours regardé cette action comme un trait sublime, et l'autorité de M. de Chateaubriant ne changera rien à cette opinion si générale. Enfin, puisque j'en suis à mes lectures, je vous dirai que j'ai lu tous les pamphlets de controverse entre les évêques et l'Université.

Bien plus, j'ai eu le courage de lire d'un bout à l'autre le *Voyage en Orient*, de M. d'Estourmel, dont j'ai admiré l'étonnante mémoire et l'érudition, à travers les enfantillages dont il a parsemé son œuvre et les souvenirs de sa préfecture qui sont là comme Pilate dans le *Credo*, mais quel dessinateur et quels paysages! Avez-vous remarqué celui qui doit représenter l'emplacement de la maison de la veuve de Sarepta et qui est composé de trois ou quatre pierres et d'autant de brins d'herbes.

C'est dommage qu'il ne dessine pas la figure, il nous aurait, sans doute, donné le portrait de la bonne veuve!

. . . .

. . . .

CIV.

À LA MÊME

Pétersbourg, 30 juin 1845.

LE soleil brille pour la première fois depuis que nous sommes à la campagne, chère bonne, et

le souvenir de Valentine brille avec plus d'éclat
que lui.

Ce n'est pas qu'il se soit éteint, ni même altéré
un seul instant, mais le mauvais temps et un froid
inouï pour la saison, joints à une recrudescence de
mes infirmités, m'a tellement découragé, que je
n'osais commencer une lettre, n'ayant rien de bon
à vous dire et ne voulant pas vous faire partager
ma tristesse qui, au fond, est assez chimérique,
car j'aurais tort de me plaindre de mon sort. Ma
femme est tout à fait délivrée de sa fièvre, et nous
menons une vie assez douce dans notre belle
campagne, au milieu des fleurs dont Sophie aime
à s'entourer.

Quelques bonnes connaissances viennent nous
voir ; les îles de la Néva où nous sommes sont
très-peuplées, en sorte que notre société est à peu
près la même qu'en ville. Il nous arrive rarement de dîner seuls. Ce dernier avantage, qui,
sans aucun doute, est dû à notre amabilité, est
puissamment secondé par le talent reconnu de
M. Gabriel, qui passe au dire des gastronomes,
pour le meilleur cuisinier de Pétersbourg. Le
brave jeune homme nous a été fidèle, malgré les
propositions nombreuses qui lui ont été faites
pour nous l'enlever. J'ai depuis longtemps reçu
l'outremer de Guimet et j'ai déjà fait l'ébauche
d'une grande toile.

Quelques bonnes âmes qui savent que je suis
perclus m'envoient de temps en temps des tableaux pour me les faire voir. Dans le nombre,
j'ai eu pendant vingt-quatre heures un paysage

des hautes Alpes, d'un habile peintre génevois, M. Calame, dont vous avez, sans doute, entendu parler.

Comme j'ai passé plusieurs années autour du mont Blanc, j'ai été charmé de la beauté et de la vérité de ce chef-d'œuvre, qui m'a rappelé ma verte jeunesse et mes anciennes courses sur les glaciers. J'en ai pris un trait sur papier gris, en marquant les principaux effets des glaciers et du torrent avec du blanc ; c'est d'après ce travail de deux heures que j'ai entrepris la copie. Je l'ai commencée en arrivant ici, je ne sais trop comment je l'achèverai, car j'ai beaucoup de difficulté à demeurer longtemps assis sans éprouver d'assez vives douleurs ; ainsi je ferai mon tableau par assis et levé, comme dans la Chambre des députés. Je plaisante maintenant, parce que je suis heureux de m'entretenir avec vous, mais vous pouvez facilement comprendre la cause du découragement qui s'empare quelquefois de moi, lorsque je réfléchis sur ma situation ; j'évite, autant qu'il m'est possible, de me livrer à ces pensées, et le meilleur moyen est de relire une de vos aimables lettres, toujours si pleines de bons sentiments ; c'est ce que j'ai fait avant de commencer à vous écrire, et me voilà sur pieds, frais et gaillard.

Je ne suis pas de votre avis au sujet du bleu de Guimet, que je crois aussi bon et solide que l'outremer naturel. Monsieur votre père avait la même prévention que vous contre le Guimet, et je crois que vous en avez hérité ; c'est une grande autorité. Cependant j'ai quelques paysages de

moi et de Natalie, qui datent de plus de dix ans,
et dont les ciels se sont bien conservés.

Le bleu de Thénard que vous préférez est aussi
très-bon et solide, mais il a l'inconvénient, pour le
paysage, qu'il paraît gris à la lumière des quinquets, ce qui est un défaut à Pétersbourg, où l'on
ne voit les tableaux que pendant l'hiver et, par
conséquent, à la lumière des lampes. Sophie part
dans ce moment pour Stretna, à trois lieues d'ici,
pour y tenir un enfant de sa nièce, Mme Lanskoï
ci-devant Mme Pouschkine, sur les fonts baptis-
maux. C'est l'Empereur qui est parrain ; c'est une
grande corvée pour elle et un honneur dont elle
aurait bien voulu se dispenser. Elle sera obligée
de coucher à Stretna en maison étrangère, ce qui
lui coûte infiniment et ne m'arrange pas du tout
non plus, car, à la plus petite séparation, je suis
toujours en crainte de quelque accident. Il n'en
est arrivé aucun, la voilà revenue bien portante et
satisfaite de son expédition.

CV.

A LA MÊME.

Pétersbourg, 25 novembre 1845.

L'HIVER qui s'avance à grands pas me fait espérer que cette lettre vous trouvera établie
dans votre palais, rue Bellechasse, chère trop
bonne Valentine, et que notre correspondance

reprendra sa régularité ordinaire. Je suis bien impatient d'avoir de vos nouvelles et de connaître le résultat définitif des différents voyages que vous avez entrepris pour le rétablissement de votre santé, et surtout pour celui de vos yeux, ces organes précieux, dont vous vous servez si bien, et dont je sens maintenant tout le prix, car ce sont les seuls que le long cours des années n'ait laissés dans leur intégrité.

J'ai terminé pendant l'automne mon grand tableau d'après Calame, et j'en ai même commencé un autre, de moindre dimension, que je vous destinais, mais le jour me manque pour le finir. Vous savez que le soleil nous abandonne dans cette saison ; il me donne à peine assez de lumière pour vous tracer quelques lignes.

Pour remplacer cette occupation, j'ai repris sous œuvre un ancien roman que j'ai retrouvé dans mes protocoles et que j'avais complétement oublié.

Cette ébauche m'a intéressé, et j'essaye assez péniblement de coudre ensemble des anciennes pensées avec de nouvelles, sans autre but que celui de tuer le temps. Vous qui êtes l'activité personnifiée, vous ne comprenez pas la nécessité de tuer le temps. J'ai employé quelque temps la lecture à cet effet, mais le livre le plus intéressant m'endort. Comme mes infirmités me privent de sommeil pendant la nuit, il en résulte que, toute la journée, je suis dans une somnolence habituelle. Il m'arrive à tout moment d'être réveillé par un bruit inattendu : c'est M. Suë qui est tombé par terre; il y est même tombé si souvent, que j'ai fini par l'y laisser, et je n'ai pu l'achever.

Il n'en est pas de même lorsque j'écris; la journée entière passe comme un éclair, et je me suis aperçu que, lorsque je parviens ainsi à tenir le sommeil éloigné pendant le jour, je dors mieux pendant la nuit, les douleurs que j'éprouve sont moins vives et moins fréquentes; c'est donc un double profit.

Nous avons reçu une lettre charmante de Mme de Biencourt qui nous a été remise par son fils. Ma femme en a été tout heureuse, malgré les tristes souvenirs que la vue de ce beau jeune homme a réveillés en elle. Nous n'avons voulu nous rappeler que les moments heureux de l'époque où nous avons connu Mme de Biencourt à Castellamare.

Nous avons vu son fils bien rarement, mais assez pour le juger digne de son origine; il contraste vivement avec l'idée que nous nous faisons en général d'un jeune Parisien; son aimable visage contraste aussi avec celui de son mentor, noyé dans une barbe épaisse et noire dont on ne voit plus d'exemple dans notre société de Pétersbourg; au reste, il nous a paru très-spirituel et très-raisonnable, s'il est permis de juger un homme pour l'avoir vu deux fois.

Mme de Biencourt me dit dans sa lettre mille choses des plus flatteuses et que je mérite bien peu; quoique je ne doute pas de la sincérité de ses expressions, je les attribue en grande partie à mes anciens amis Marcellus et Oudinot; son aimable lettre, pour ce qui me regarde, est un reflet de leur constante et précieuse amitié.

Nous recevons aujourd'hui de bonnes nouvelles de Natalie qui est tout occupée de l'arrangement de son nouveau logement, qui, au rapport des personnes qui l'ont vu, sera très-confortable. Sa lettre en contient une autre de *Grichon*, c'est la ridicule abréviation de Grégoire qu'elle a adoptée; le petit billet est tout de sa composition et nous a fait grand plaisir.

On est fort occupé ici du voyage de l'Empereur, il n'est pas possible de penser à autre chose, cette pensée absorbe tout; pour mon compte, j'attends surtout le résultat de sa visite au saint Père, j'ai été longtemps à la croire impossible, c'est le feu et l'eau qui vont se rencontrer ; que peut-il en résulter? Adieu, chère trop bonne, écrivez-moi bien vite, il me semble que vous avez tant de bonnes choses à me dire! Ma femme vous embrasse tendrement.

Parlez de moi rue de Bourgogne.

CV.

A LA MÊME.

Pétersbourg, 1846.

Vous devez me croire le plus ingrat des hommes, chère bonne Valentine, en voyant mon peu d'exactitude dans notre correspondance.

Je pourrais, pour m'excuser, vous parler de mes infirmités qui me découragent bien souvent et qui m'ôtent jusqu'à la faculté de penser.

Ma mémoire, qui a toujours été bien mauvaise, me manque absolument depuis ma dernière maladie, et si mon cœur ne se révoltait pas de temps en temps contre la faiblesse de ma tête, je serais encore bien plus coupable envers vous et envers toutes mes correspondances.

C'est un grand inconvénient que rien ne peut remplacer; il m'arrive souvent, lorsque j'écris, de ne pas trouver le mot qui doit continuer la phrase et de tenir ma plume suspendue, pour le chercher; s'il tarde à se présenter, mes idées prennent un autre cours, je repousse ma lettre sans le vouloir et je me mets à penser à Naples, à Castellamare.

J'ai heureusement une bonne femme qui pense et agit pour moi, qui prévient mes distractions ou qui en répare les inconvénients; elle ne me quitte pas un instant, répond pour moi aux visites qui viennent nous voir, en sorte qu'en me voyant tranquille dans mon fauteuil avec un air attentif aux nouvelles de la ville, que je n'en écoute guère, on me prend pour une personne vivante et on ne se doute de rien.

C'est assez parler de moi. Vous avez facilement découvert de qui venait le cadeau porté par M. Ruffo, mais vous l'avez pris pour un serre-papier, et ce n'est pas là sa destination.

Cette pièce pesante doit être employée pour maintenir et fixer les ouvrages à la main; il doit y avoir un tiroir ou quelque chose de semblable, contenant le dé, les ciseaux, un crochet, ou du moins, si ces objets n'existent pas, il y a l'emplacement pour les y mettre.

Vous vous étonnez avec raison de n'avoir pas trouvé un petit mot d'écriture avec l'envoi, mais vous savez par une bien longue expérience la difficulté qu'éprouve ma chère Sophie à écrire même une ligne. . . . .

. . . .

Elle a reçu une lettre charmante depuis bien longtemps et n'y a point encore répondu. Elle en a été toute glorieuse, et comme cette bonne épître est toute pleine de choses flatteuses pour moi, elle l'a colportée partout et l'a fait lire à toutes nos connaissances, pour leur faire voir quels sont les amis que j'ai su m'acquérir à Paris ; elle s'en est emparée et ne veut pas me la confier, de crainte, dit-elle, que je ne la perde, et dans la bonne et ferme intention d'y répondre. Si par le premier courrier je vois qu'elle n'en fait rien, j'y répondrai moi-même, et il faudra bien qu'ils s'en contentent. . . . .

. . . .

. . . .

Je ne vous ai pas écrit que ma femme m'a fait faire une chapelle catholique dans la maison, en sorte que je ne serai plus obligé d'aller chercher une messe dans nos froides églises.

CVI.

A LA MÊME.

Saint-Pétersbourg, 3 mars 1846.

QUE vous dirai-je, chère trop bonne, pour vous expliquer mon long silence? J'aurais bien quelques bonnes raisons, mais j'aime mieux ne pas vous en parler, de crainte de vous affliger.

Je suis tout souffreteux de més infirmités, et je suis en arrière dans toutes mes correspondances de famille.

Vous croyez peut-être que je suis occupé d'un certain roman dont je vous ai parlé, mais il n'en est rien, j'ai été forcé de le mettre de côté.

Je ne puis pas demeurer longtemps assis, sans éprouver de vives douleurs, ce qui m'oblige d'avoir recours à mes béquilles pour voyager pendant quelque temps autour de ma chambre et me dégourdir, quoique je jouisse, d'ailleurs, d'une assez bonne santé pour mon âge.

Je souffre plus encore moralement que physiquement, en voyant mes facultés intellectuelles s'affaiblir de jour en jour; ma mémoire, qui a toujours été très-faible, s'affaiblit chaque jour davantage et vous en voyez une preuve dans ma lettre, puisqu'après vous avoir dit que je ne vous expliquerais pas la cause de mon silence, je vous en parle plus longuement que je ne le voulais. En voyant l'ancienne date de votre dernière lettre, me suis effrayé d'avoir si longtemps tardé à vous demander de vos nouvelles.

J'ai passé tout ce temps à lire un ouvrage qui m'intéresse infiniment, c'est en grande partie à cause de cette occupation attachante que j'ai l'air d'être infidèle à la précieuse amitié que vous m'avez toujours témoignée, en gardant un silence que je me reproche vivement.

Cet ouvrage est intitulé : *Histoire universelle de l'Église catholique,* par M. Rhorbascher.

Ce nom barbare est cependant celui d'un Français.

Je n'en avais jamais ouï parler, et les journaux que je lis n'en ont point fait mention. C'est, à mon avis, le meilleur, le plus beau livre que j'aie jamais lu.

Je ne suis encore qu'au cinquième volume, et je suis heureux de penser que l'ouvrage est composé de vingt volumes in-8°, en sorte que j'en aurai assez pour le reste de mes jours. Je serais charmé que M. de Marcellus me dise son avis et celui de votre époque sur cet excellent livre qui, outre qu'il est d'une érudition effrayante, est tout à fait selon mes idées et selon mon cœur.

Vous me pardonnerez, sans doute, de vous avoir été quelque temps infidèle, lorsque vous apprendrez que c'est pour M. *Rhorbascher.* Je ne suis pas très-content de la santé de ma femme, qui depuis l'automne a souvent des accès de fièvre dont la quinine a bien de la peine à la délivrer;

l'embarras des affaires dont elle est seule chargée l'a empêchée de se rétablir.

Votre mari vous dira combien il est difficile de les diriger à cent lieues de distance ; elle a été obligée de chasser trois intendants et de faire tout à coup maison nette ; celui qui les dirigeait ici et qui était son conseil était de moitié avec ceux des terres pour nous ruiner, ils sont tous remplacés ; seront-ils meilleurs que les autres ? Nos récoltes sont très-bonnes, tandis que, dans plusieurs autres provinces, on éprouve une horrible famine : des centaines de paysans y meurent à la lettre de faim chaque jour.

On leur envoie de l'argent, mais on ne mange pas l'argent, et la difficulté des chemins et des transports ôte la possibilité d'envoyer du grain qui abonde ailleurs.

Quel étrange pays ! . . . .

. . . .

Nous avons loué pour cette année la charmante campagne où nous avons déjà passé deux étés sur le bord de la Néva, non pas dans les îles qu'elle forme et qui sont très-humides, mais sur le continent.

Si je reprends un peu de courage, j'y terminerai le paysage que j'ai commencé pour vous.

Ne m'oubliez pas, chère Valentine ; écrivez-moi ! parlez-moi beaucoup du marquis et de la marquise Oudinot, et parlez-leur de moi ; je ne veux pas être oublié de ces bons amis.

Ma femme vous dit mille choses aimables et tendres, ainsi qu'à M. de Marcellus.

CVII.

A LA MÊME.

Pétersbourg, le 30 avril 1846.

Nos lettres se sont croisées, chère bonne comtesse, et cela devait être, car nous étions trop en retard dans notre correspondance, et j'aime à voir un peu de sympathie dans ce hasard qui nous a fait rompre le silence en même temps.

Je n'ai pas à vous donner d'aussi bonnes raisons que les vôtres pour m'excuser, car je n'ai aucun devoir de société à remplir, et, depuis l'automne, je ne suis pas sorti une seule fois de la maison, de peur de compromettre le peu de vie qui me reste.

Ce système m'a passablement réussi, quoiqu'il ne soit pas tout à fait volontaire. La difficulté de monter en voiture, où je suis obligé de me faire porter à force de bras, y a principalement contribué.

Les douleurs que j'éprouve augmentent peu à peu, mais constamment, et m'offrent une perspective qui me décourage, au point que je ne sais si je dois me féliciter de voir ma santé générale se soutenir à merveille.

Je ne suis plus qu'un estomac ! Je m'en contenterais, comme Fontenelle, mais le philosophe égoïste ne souffrait pas !

Je me doutais du mauvais état de la santé de mon cher Töpffer ; la dernière lettre que j'ai reçue de lui, en date de Vienne, m'annonçait cependant qu'il était mieux, mais, comme il n'a plus répondu à mes lettres, je craignais une rechute.

Votre lettre est venue me confirmer ce pressentiment, et je m'attends avec un profond chagrin à la perte de cet excellent homme, qui, d'après l'ordre ordinaire de la nature, ne devait pas me précéder. Au reste, il s'est tiré si souvent d'un état presque désespéré, que je ne suis pas sans espoir sur son rétablissement.

Il est probable, malgré tout ce que vous me dites, qu'il vit encore, puisque les journaux ne parlent point encore de sa fin. Si vous écrivez à Genève à ceux qui le soignent, priez-les, je vous prie, de lui offrir de ma part un dernier témoignage de ma sincère amitié, dont j'espère la continuation dans un meilleur monde, à une époque qui ne peut pas être très-éloignée . . . .

. . . .

. . . . . Je suis toujours charmé de mon *Rhorbascher* dont je vous ai parlé dans ma dernière lettre. J'en suis au sixième volume ; mes yeux me permettent de le lire tout le temps que ma bonne compagne emploie à ses affaires et aux détails de son ménage, ensuite elle vient me lire les journaux, et la journée passe assez paisiblement. . .

. . . .

CVIII.

A LA MÊME.

Pétersbourg, 26 décembre 1846.

. . . .

. . . .

J'APPRENDS avec un grand plaisir que vous
avez fait connaissance avec ma charmante nièce
Alix, et que vous avez été contente d'elle ; c'est
vraiment une charmante personne et la digne
nièce du grand poëte ; je ne l'ai connue que dans
son enfance, mais je reçois de temps en temps
d'elle d'aimables lettres qui suffisent pour me la
faire apprécier et qui respirent le bonheur dont
elle jouit.

. . . .

. . . .

. . . .

On a fait hier les obsèques de la jeune grande-
duchesse, cela jette du noir sur la société qui la
regrette.

Sa malheureuse mère n'est point encore revenue.

Hélas ! personne n'est à l'abri de semblables
coups,

> Et la garde qui veille aux barrières du Louvre
> N'en défend pas nos rois !

La situation élevée de ces grands personnages,

doit leur rendre plus sensibles ces pertes cruelles,
car l'habitude du pouvoir, auquel rien ne résiste,
leur fait aisément croire à l'immortalité, jusqu'à
ce que les décrets inexorables de la Providence
viennent les détromper.

Contentez-vous pour aujourd'hui de cette courte
lettre, chère amie; je n'ai rien de bien bon à vous
dire. . . . .

CIX.

Communiquée par la famille Oudinot

A M LE DUC DE REGGIO.

Saint-Pétersbourg, 18 octobre 1847.

Mon cher duc,

En apprenant la mort de votre illustre père, le
sentiment de regret que l'Europe entière a
éprouvé s'est vivement fait sentir dans mon cœur,
en me rappelant les nombreux témoignages d'amitié que j'ai reçus de la part de son digne fils. Ne
pensez pas, mon cher duc, que je puisse jamais
les oublier un seul instant, et n'attribuez qu'à ma
discrétion le silence que j'ai gardé si longtemps
avec vous.

J'ai eu de temps en temps de vos nouvelles par
l'excellente Valentine et par la voie des journaux:
ma femme, qui est très-assidue à les lire, ne man-

quait jamais de m'apporter ceux qui faisaient
mention de vous, et votre nom seul, en nous ra-
menant le souvenir des moments heureux passés
avec vous et avec la si bonne et si belle *Eulalie*,
à Castellamare et à Paris, suffisait pour me faire
oublier mon âge et mes infirmités.

Notre vieux ménage est bien désireux d'apprendre les changements qui peuvent avoir lieu
dans votre situation, et surtout de savoir si vous
retournerez en Algérie. Nous espérons que non
et que peut-être l'ancien projet que vous aviez
formé, et qui nous a souri un instant, celui de
venir voir notre grand Empereur, pourrait maintenant se réaliser. Ma femme y a pensé tout de
suite, lorsque nous avons appris votre retour en
France.

Aujourd'hui les chemins de fer et les bateaux à
vapeur facilitent les plus longs voyages, et font
disparaître les distances; vous pouvez être à Pétersbourg dans huit jours, avec Mme la duchesse
et votre aimable héritier. Peut-être même nos
amis Marcellus consentiront-ils à vous accompagner.

Voilà, mon cher duc, le dernier rêve que je
fais dans mon fauteuil roulant, où je suis enchaîné
par la vieillesse, n'ayant plus d'autre espoir de
revoir de si bons amis.

Ma femme, qui est de moitié dans le projet de
voyage que je viens de vous proposer, me charge
de vous offrir, ainsi qu'à Mme la duchesse, ses
plus affectueux hommages; recevez aussi les
miens, mon cher duc, ainsi que l'assurance de
mon dévouement sans bornes.

CX.

A LA COMTESSE DE MARCELLUS.

Saint Pétersbourg, 1848.

. . . .

. . . .

Vous savez l'invasion du choléra à Péters-bourg. Le fléau n'a pas été aussi meurtrier que le dernier, il diminue d'intensité, mais il n'est pas fini ; il parcourt la Russie dans tous les sens, et il s'est arrêté chez nous pendant trop longtemps.

Nous avons perdu quatre domestiques enlevés dans quelques heures, entre autres mon valet de chambre, dont la perte m'a jeté dans un grand embarras, étant perclus comme je le suis. .. . .

Malgré les angoisses que le fléau nous a causées, je vous avoue, chère Valentine, que je le préfère à la maladie morale qui vous désole, et dont il est impossible de prévoir la fin.

Votre malheur nous fait sentir plus vivement la paix dont nous jouissons et que l'on tâchera de conserver. Que n'avez-vous, non-seulement un roi, mais même un tyran, cela vaut mieux qu'un fou comme Lamartine !

J'espère que l'expérience cruelle qu'il fait main-tenant le fera rentrer en lui-même. Voilà, chère amie, où conduit le mépris de la religion. Lamar-tine est depuis longtemps sorti de l'ornière, et je crains qu'il n'y ait point de remède qui puisse le remettre dans la bonne voie.

Voilà, dis-je, où conduit un orgueil démesuré. Je ne puis m'empêcher de l'aimer, c'est un si bon homme, hors de ses chimères! Mais je pleure ses illusions qui ont fait tant de mal au monde entier.

Notre roi Charles-Albert a fait les mêmes fautes que Lamartine, et bientôt il aura un sort analogue; il s'est fait libéral par entraînement, il a exclu de ses conseils tous ceux qui pensent bien; tous mes parents ont été mis de côté.

Adieu, chère Valentine, je suis dans la bouteille à *l'encre*.

CXI.

A LA MÊME.

Saint-Pétersbourg, 4 juin 1849.

. . . .

CE que vous me dites du cher général ne m'a pas tranquillisé. Je sais ce que l'on a écrit dans les journaux d'exagéré et de mensonger, mais sa position est bien mauvaise. J'aimerais autant le savoir aux prises avec les Hongrois et les insurgés de tous les pays, que le voir décider des affaires de notre saint Père le pape.

Que Dieu veuille l'assister, car ce n'est que Dieu qui puisse nous maintenir dans la bonne voie! Le président de votre république m'a paru bien porté pour lui, et la paix qu'il maintient en France m'avait donné des espérances.

Tout peut encore s'écrouler à la suite des votes qui s'annoncent fort mal. Notre cher Lamartine m'a envoyé ses *Confidences* dont je connaissais déjà quelques chapitres par les journaux. Remerciez-le, je vous prie, bien tendrement de ma part.

J'ai eu bien du plaisir à lire ces descriptions d'un pays où j'ai passé si longtemps et où j'ai été plus heureux que partout ailleurs, et j'ai pu constater l'exactitude de ses tableaux. J'ai vu avec chagrin notre Empereur entrer dans le chaos de ces interminables guerres. Je crois, hélas! le mal irréparable avant une dernière et terrible et générale catastrophe, qu'heureusement je ne verrai pas.

. . . .

CXII.

A LA MÊME.

Pétersbourg, 30 août 1849.

C'EST bien certainement une journée heureuse que celle qui m'apporte deux lettres, l'une de Valentine, l'autre d' ***. Ma femme est aujourd'hui en ville, pour l'arrangement de notre nouvelle maison, qui est, dit-on, très-confortable.

Je ne la verrai que lorsque nous irons l'habiter, mais je suis sûr d'avance que ma bonn femme a pensé à tout ce qui peut la rendre agréable. Je regrette cependant l'autre que j'ai habitée si longtemps, et où je croyais finir ma longue vie.

Je m'affectionne aux murs et aux chambres qui m'ont si longtemps mis à l'abri de nos longs hivers, et déjà elle n'existe plus. Les nouveaux propriétaires riches ont commencé par la démolir jusqu'aux fondements pour en faire un palais.

. . . La chère Eulalie m'a écrit et paraît assez contente des événements politiques dans lesquels son mari joue un si beau rôle, mais qui nous ont bien alarmés pendant quelque temps. Les journaux ne lui étaient pas toujours favorables et nous ne pouvions avoir autrement de ses nouvelles.

Vous qui connaissez mes opinions, vous comprendrez combien j'ai été heureux, en apprenant le prochain retour du pape, qui devra à son excellent mari le rétablissement de l'ordre à Rome, et peut-être dans l'Europe entière.

Je vous prie d'écrire à la bonne duchesse et de lui dire tout le bonheur que nous a causé le succès de son mari. Si je savais son adresse, je lui aurais répondu aujourd'hui. Elle date de *Le Coudray*, sans autre indication. Est-ce en Californie ? Admirez mon ignorance en géographie. . . . . .

. . . .

J'achève maintenant les *Confidences* de Lamartine. Je les ai lues avec beaucoup de plaisir, et je les préfère aux *Mémoires d'outre-tombe.*

Je reçois des nouvelles de Chambéry : la nièce de Lamartine, Mme de Montfort, que vous avez entrevue un instant, a été nommée dame d'honneur de la reine, ou quelque chose de semblable. Elle

est fort bien établie dans son joli château de Servolex; elle ne fait son service que lors des voyages de la cour en Savoie. On parle beaucoup d'un
grand voyage de Lamartine en Orient. Dites-lui
mille choses aimables de ma part. Quoique je sois
loin de partager la plupart de ses idées politiques,
je ne puis pas ne pas l'aimer et l'admirer. . . .

CXIII.

A LA MÊME.

Pétersbourg, 14 mai 1830.

JE crois, chère bonne Valentine, que voyant mon
silence obstiné et connaissant mon âge, vous
avez pu croire que j'étais passé à une meilleure
vie, mais il n'en est rien. Je suis toujours dans ce
triste monde, où vous avez éprouvé tant de malheurs; nous les avons ressentis bien vivement, ma
femme et moi.

L'aspect de la verdure et de la campagne où nous
sommes depuis quelques jours m'a rappelé Audour,
où je sais que vous êtes maintenant. Délivré des
habitudes et du mouvement de la ville, ainsi que
d'une affaire qui m'a longtemps tracassé, je vais vous
donner de nos nouvelles, espérant que [vous] me
pardonnerez mon coupable et honteux silence. J'ai
eu de temps en temps de vos nouvelles par les
Ribeaupierre et, depuis l'arrivée des Castel-Bajac,

j'en ai eu de plus fraîches et de plus détaillées. Une bonne lettre du cher général Oudinot m'apprend que vous êtes établie à Audour. Ce n'est qu'à Paris où l'on trouve des amis constants. Ce cher Victor vient de m'écrire encore une longue lettre, en me dispensant de lui répondre, de peur de me causer de la fatigue ; mais, quoique j'écrive avec quelques difficultés, les lettres que je reçois de semblables amis me donnent des forces et du courage, et j'espère que notre correspondance avec vous reprendra plus de régularité. Ce n'est point que je manque de force, car ma santé se soutient d'une manière inexplicable, mais il n'en est pas de même de la force morale. Les plus petites contrariétés me découragent, et, au lieu de demander des secours à mes amis par des lettres qui seules peuvent me rendre la vie supportable, j'appuie mon front sur la feuille blanche qui commence par ces mots écrits depuis plusieurs jours : « Chère Valentine, » et je passe en revue tous les souvenirs qui me retracent la vie de Naples et les paysages de Sorrente ; puis viennent les anciens malheurs, la perte de tous mes amis et parents, contemporains de ma jeunesse, dont il n'existe plus un seul.

Ne me croyez pas cependant très-malheureux ; en sortant de ces rêveries, dont je n'aurais pas dû vous parler, je vois devant moi ma bonne compagne qui me tient fidèle compagnie et qui, toute faible qu'elle soit, semble doubler de courage et de soins pour me soutenir dans la descente rapide de mes derniers jours, et nous trouvons encore quelques moments de douce jouissance dans la constance de

notre inaltérable tendresse. Malheusement la santé
de ma bonne Sophie est souvent altérée. Chargée
seule du soin de notre ménage, ainsi que des affaires bien plus difficiles de notre fortune qu'elle
règle de loin avec ses intendants, sans que je
puisse lui être d'aucun secours, elle est souvent
près de tomber de fatigue. Sa vue devient faible
et les remèdes qu'elle a entrepris jusqu'ici n'ont
pas eu l'effet qu'elle désirait, en sorte que la
crainte d'une cécité absolue l'effraye souvent,
quoique rien jusqu'ici ne fasse croire aux oculistes
qui la soignent la probabilité d'un semblable malheur; elle lit souvent les journaux, sans en être
fatiguée, et je suis personnellement tranquille à ce
sujet. Inutile de vous dire, chère amie, que nous
ne vous oublions pas un instant, non plus que
votre mari, qui a toujours été si bon et si indulgent pour moi. Vous êtes toujours le sujet de notre
conversation ordinaire avec les Castel-Bajac que
nous avons le plaisir de voir assez souvent, malgré les affaires de convenance qui les obligent de
voir le grand monde et la cour. J'aime beaucoup
la marquise, avec laquelle ma femme sympathise à
merveille; ce qui me prouve que si l'on veut trouver des amis, il faut en chercher à Paris. Mais en
trouverait-on beaucoup qui ressemblent à Valentine, à Victor, à Eulalie !

Nous venons de recevoir une lettre de Natalie
qui est malade d'une fluxion aux yeux très-forte.
Son mari, qui arrive de chez son frère, écrit pour
elle, car il lui serait impossible de tracer une seule
ligne. La fin de la lettre est plus consolante. Cela

retardera de longtemps le plaisir de nous voir
réunis.

CXIV.

Communiquée par la famille Oudinot.

AU GÉNÉRAL OUDINOT.

Pétersbourg, 4 avril 1830.

Mon cher général,

N'ÊTES-VOUS pas étonné de n'avoir point encore de mes nouvelles, depuis l'arrivée ici des
excellents Castel-Bajac ? La raison en est que je
n'écris pas toujours quand je le voudrais, mais
seulement quand cela m'est possible. Ce n'est pas
mes infirmités qui m'en empêchent, car, Dieu merci,
je les supporte avec assez de courage, mais elles
me laissent dans une espèce d'apathie qui m'ôte
jusqu'à la faculté de penser, et je vis toute la journée dans une somnolence continuelle qui inquiète
quelquefois mes amis. Cette désagréable manière
d'exister s'explique par la date de ma naissance,
8 octobre 1760. Aussi personne n'admire plus que
moi le maréchal Radewsky qui monte à cheval et
gagne des batailles à quatre-vingt-six ans. Je l'admire, mais je ne l'envie pas.

Je ne demanderais à Dieu que de pas être séparé
de tant de bons amis qui m'ont témoigné tant de
bonté et d'indulgence et que je suis malheureuse-

ment condamné à ne plus revoir. J'avais espéré
pendant quelque temps que votre glorieuse expédition de Rome vous aurait donné le moyen de
remplir un désir que vous avez eu pendant quelque
temps, de venir faire votre cour à notre grand
Empereur. Ce qui était peut-être possible alors
est impossible à jamais, vu le désordre des affaires
de l'Europe. Il faut donc renoncer à cette aimable
chimère. Avec quelle joie nous aurions vu arriver
à Pétersbourg tant de personnes chéries qui auraient pu vous accompagner. Eulalie, la malheureuse Valentine elle-même aurait pu venir, elle en
a eu le désir jadis.

Pardon, cher ami, je radote; il vaut mieux vous
parler des nouveaux amis que vous nous avez envoyés. Il n'est pas possible d'être plus aimables pour
nous qu'ils ne le sont. Pour vous en donner une
idée, ces jours passés, il y a eu grand dîner diplomatique auquel toute la mission française était
invitée; Mme de Castel-Bajac est venue dîner chez
nous en trio, comme aurait pu le faire Eulalie ou
Valentine. Aussi il me semble que je les connais
depuis longtemps. Ma femme est tout heureuse
des relations qu'elle a avec Mme de Castel-Bajac et
tâche de lui être utile pour les affaires du ménage.

Nous voyons souvent les attachés à la légation
française, M. Lallemant, qui a beaucoup d'esprit;
nous l'avons connu avant l'arrivée de son chef.

J'ai revu avec plaisir le jeune Lauriston, qui nous
rappelle quelques traits de son aimable mère.

Je ne vous dis rien des succès de M. l'ambassadeur, qui a été reçu par l'Empereur et toute la

famille impériale avec la plus grande distinction ;
vous en êtes sans doute informé mieux que je ne
saurais le faire.

Adieu, mon cher général, je vous prie de me
mettre aux pieds de Mme Eulalie et de me conserver votre précieuse amitié.

CXV.

*Communiquée par Mme la comtesse
de Marcellus.*

A MONSIEUR LE COMTE DE MARCELLUS

Pétersbourg, 19 janvier 1852.

QUE devez-vous penser de moi, cher comte, cher
ami? J'ai reçu plusieurs témoignages de votre
précieuse amitié, malgré tous les malheurs qui vous
poursuivent, et je ne vous ai point dit encore
combien je les ai partagés sincèrement ! J'ai été
moi-même très-maltraité dans toutes mes affections,
et l'éternelle séparation de toutes-les personnes de
ma famille que je suis condamné à ne plus revoir
n'est pas un des moindres malheurs. J'ai bien ici
quelques amis qui m'aident à soutenir le poids de ma
vieillesse, mais je trouve toujours au fond de mon
cœur un découragement que rien ne peut dissiper.
Les amis se succèdent, mais ne se remplacent jamais.

Lorsque je compare ma vie actuelle avec celle

que j'ai menée en Italie auprès de vous et de Valentine, j'éprouve un sentiment d'effroi en voyant la différence de mes sentiments actuels avec mes souvenirs. Attribuez, je vous prie, mon cher comte, à mon âge le silence que j'ai gardé si longtemps avec vous. Je crois que rien n'est changé dans mon cœur, mais il n'a plus la même influence sur mon caractère naturellement apathique.

La perte que vient nouvellement de faire la chère Valentine est peut-être la plus cruelle de toutes celles qu'elle a éprouvées.

J'ai toujours admiré l'attachement réciproque de ces deux personnes d'âge si différent. Il y a quelque chose de sacré, quelque chose de biblique dans l'attachement des belles-mères et des belles-filles. Si ma tête n'était pas si affaiblie, j'aurais cherché à en découvrir la cause.

Dites, je vous prie, cher comte, mille choses aimables à notre Valentine (style biblique) et croyez que je n'oublierai jamais vos bontés pour moi, car j'ai toujours été un peu enfant toute ma vie.

Je ne sais si vous êtes encore à Audour, mais j'espère que ces quelques mots vous parviendront.

FIN DE LA CORRESPONDANCE.

POÉSIES

POÉSIES

VERS ADRESSÉS A LA PRINCESSE H. G.,
QUI SAVAIT FAIRE LA BARBE.

Aimable Hélène, quel caprice
A pu de vous faire un barbier ?
Je crois démêler l'artifice,
Qui vous fit prendre ce métier :
En vous appliquant à l'étude
Du bel art que vous cultivez,
Vous voulez prendre l'habitude
De mener les gens par le nez.
Hier, de votre apprentissage,
J'ai fait l'essai sans avoir peur,
Je craignais peu pour mon visage,
Mais je craignais tout pour mon cœur.
Votre heureux talent à Cythère
Paraîtrait dans un plus beau jour,
Car dans l'art d'aimer et de plaire
Vous feriez la barbe à l'Amour.

Épitaphe du Chat Pantalon

Appartenant à l'archevêque de Tarente

Ci-gît l'aimable Pantalon,
Qui vécut sans ambition
Aussi longtemps qu'un chat peut vivre,
Laissant un bel exemple à suivre ;
Vrai phénomène au temps présent :
Il n'aima ni l'or ni l'argent ;
De la constance il fut l'emblème ;
Sensible, doux et caressant,
Il mourut aimé tendrement
D'un maître que tout le monde aime

Le Prisonnier et le Papillon.

Colon de la plaine éthérée,
Aimable et brillant Papillon,
Comment de cet affreux donjon
As-tu su découvrir l'entrée ?
A peine entre ces noirs créneaux
Un faible rayon de lumière
Jusqu'à mon cachot solitaire
Pénètre à travers les barreaux.

As-tu reçu de la nature
Un cœur sensible à l'amitié?
Viens-tu, conduit par la pitié,
Partager les maux que j'endure?
Ah! ton aspect de ma douleur
Suspend et calme la puissance;
Tu me ramènes l'espérance
Prête à s'éteindre dans mon cœur.

Doux ornement de la nature,
Viens me retracer sa beauté;
Parle-moi de la liberté,
Des eaux, des fleurs, de la verdure.
Parle-moi du bruit des torrents,
Des lacs profonds, des frais ombrages,
Et du murmure des feuillages
Qu'agite l'haleine des vents.

As-tu vu les roses éclore?
As-tu rencontré des amants?
Dis-moi l'histoire du printemps
Et des nouvelles de l'aurore;
Dis-moi si dans le fond des bois
Le rossignol, à ton passage,
Quand tu traversais le bocage,
Faisait ouïr sa douce voix!

Le long de la muraille obscure
Tu cherches vainement des fleurs!
Chaque captif de ses malheurs
Y trace la vive peinture.

Loin du soleil et des zéphirs,
Entre ces voûtes souterraines,
Tu voltigeras sur des chaînes
Et n'entendras que des soupirs.

Léger enfant de la prairie,
Sors de ma lugubre prison ;
Tu n'existes qu'une saison,
Hâte-toi d'employer la vie.
Fuis ! tu n'auras, hors de ces lieux
Où l'existence est un supplice,
D'autres liens que ton caprice,
Ni d'autre prison que les cieux.

Peut-être un jour dans la campagne,
Conduit par tes goûts inconstants,
Tu rencontreras deux enfants
Qu'une mère triste accompagne :
Vole aussitôt la consoler ;
Dis-lui que son amant respire,
Que pour elle seule il soupire ;
Mais, hélas !... tu ne peux parler.

Étale ta riche parure
Aux yeux de mes jeunes enfants ;
Témoin de leurs jeux innocents,
Plane autour d'eux sur la verdure.
Bientôt, vivement poursuivi,
Feins de vouloir te laisser prendre,
De fleur en fleur va les attendre
Pour les conduire jusqu'ici.

Leur mère les suivra sans doute,
Triste compagne de leurs jeux :
Vole alors gaîment devant eux,
Pour les distraire de la route.
D'un infortuné prisonnier
Ils sont la dernière espérance :
Les douces larmes de l'enfance
Pourront attendrir mon geôlier.

A l'épouse la plus fidèle
On rendra le plus tendre époux ;
Les portes d'airain, les verroux,
S'ouvriront bientôt devant elle.
Mais, ah ! ciel ! le bruit de mes fers
Détruit l'erreur qui me console ;
Hélas ! le Papillon s'envole...
Le voilà perdu dans les airs !

FABLES DE KRILOFF

TRADUITES PAR L'AUTEUR

L'Auteur et le Voleur.

Aux enfers un célèbre Auteur
Arrivait avec un Voleur ;
La gloire du premier avait rempli le monde,
Et l'on vantait partout sa science profonde :

Mais il avait caché dans ses livres fameux
D'un venin corrupteur le charme insidieux.
Sous les dehors légers de la plaisanterie,
Attaquant de sang-froid la morale et les mœurs,
Son talent trop vanté prépara les malheurs
Qui devaient après lui désoler la patrie.

Son compagnon, le long du grand chemin,
Aurait peut-être aussi mérité quelque gloire,
 Si du bourreau le lacet inhumain
N'avait trop brusquement terminé son histoire

Le couple voyageur à peine est présenté
  Par les Parques inexorables,
  Que son destin est arrêté;
Un regard de Minos a jugé les coupables.

  A son terrible tribunal,
Sans rien dire, on connaît et le bien et le mal;
Et chaque criminel voit dans sa conscience
Son procès tout écrit ainsi que sa sentence;
De là sont à jamais bannis les avocats
  Et les discours et les débats.

  Au bout de deux chaînes pesantes
  Qu'elle accroche aux voûtes brûlantes,
  Mégère a bientôt suspendu
  Deux grands chaudrons de fer fondu,
Qu'à l'ordre de Minos, de leurs mains parricides,
  Remplissent d'eau les Danaïdes.
  Les nouveaux venus, stupéfaits,

Se regardent, et font une laide grimace,
   En voyant ces tristes apprêts
Ils grimpent cependant, et vont prendre leur place.

   Sous le Voleur on allume aussitôt
Un grand tas de bois sec de deux toises de haut,
   Enduit de soufre et de bitume ;
     Déjà le bûcher fume ;
Il pétille et la flamme entoure le chaudron,
   Au grand déplaisir du larron,
Qui se repent d'avoir fureté sur la route :
Le tourbillon de feu monte jusqu'à la voûte.
   Notre écrivain était mieux partagé ;
   Un petit feu prudemment ménagé
    Réchauffait doucement le sire,
Qui voyait sans pitié son camarade cuire.
Mais quelque temps après, l'eau commence à frémir,
   Et le philosophe à gémir.
   L'impitoyable Tisiphone
Ajoute un peu de bois. Voilà l'eau qui bouillonne :
   Le fond du pot devient brûlant.
L'Auteur soulève un pied, puis l'autre ; au même in-
   Vaincu par la douleur extrême,   [stant,
   Veut-il se plaindre, à chaque mot
   La Furie ajoute un fagot ;
  Tant qu'à la fin il s'emporte, il blasphème,
   Et voit d'un œil plein de fureur
Le feu depuis longtemps éteint sous le Voleur.
Eh quoi ! je subirai cet horrible supplice !
Dit-il, je brûlerai pendant l'éternité,
Tandis que ce fripon prend un bain de santé !
Des dieux (puisqu'il en est) où donc est la justice ?

Ainsi le ciel est gourmandé
Par le Philosophe échaudé,
Lorsque Alecton, pour venger cette injure,
Sort tout à coup de l'abîme profond.
Mille serpents composent de son front
L'épouvantable chevelure,
Elle parle, et l'Auteur, muet à son aspect,
Reconnaissant sa Muse, écoute avec respect :

« Misérable, oses-tu blâmer la Providence,
        Dont la juste vengeance
Pour tes crimes passés te punit aujourd'hui ?
Ceux de cet assassin ont fini comme lui,
        Lorsqu'il a terminé sa vie.
Mais le nombre des tiens croît et se multiplie
        Avec tes coupables écrits,
Qui vont, de siècle en siècle, égarer les esprits.
Tes os depuis longtemps sont réduits en poussière,
Et le soleil jamais ne rouvre sa carrière
Sans éclairer encor mille crimes nouveaux,.
Fruits tardifs, mais constants, de tes affreux travaux.
A tes contemporains trop dangereux exemple,
Le fauteur tour à tour et l'ennemi des dieux,
On te vit au théâtre être religieux,
        Et profanateur dans le temple.
Tu remplis l'univers du germe des forfaits
        Qui, dans mille ans, doivent éclore ;
Et lorsqu'ils auront vu leurs funestes effets,
        On les verra renaître encore.
Souffre donc, malheureux, les tourments des enfers!
Souffre jusques au temps où, dans tout l'univers,

Tes livres corrupteurs auront cessé de nuire,
Et lorsque les humains cesseront de les lire ! »

A ces mots, Alecton plonge le mécréant
Au fond de l'eau bouillante, et de son bras puissant
Referme pour toujours, frémissant de colère,
    Le couvercle de la chaudière.

L'Amitié des chiens.

Aux rayons du soleil, deux chiens de bonne mine,
    Couchés tout près de la cuisine,
    Reposaient amicalement
Et discouraient, au lieu d'aboyer au passant.
Un chien bien élevé n'est méchant qu'à la brune ;
De là vient le proverbe : *Aboyer à la lune.*
  Nos compagnons médisaient des humains
  A qui mieux mieux, parlaient du sort des chiens,
    Du cuisinier et de son avarice,
    De certains maîtres sans pitié,
    Du bien, du mal, enfin de l'amitié :
« Il n'est point, disait l'un, de mal que n'adoucisse
Le tendre sentiment de deux cœurs bien unis ;
    Tout est plaisir pour des amis ;
Le bonheur est doublé, la peine est partagée ;
Sans rien dire on jouit, rien qu'à se regarder.

Mon âme serait soulagée,
Et mon emploi me semblerait léger,
Si, par exemple, ici nous vivions de la sorte ;
Destinés à garder tous deux la même porte,
Affables l'un pour l'autre, empressés, généreux,
Nous pourrions dans la paix couler des jours heu-
Ils le sont tous, lorsque l'on s'aime !   [reux ;
Qu'en penses-tu, *Barbet?*—Mais j'y songe moi-mê-
Reprit le camarade ; au lieu de grommeler,   [me,
De nous battre sans cesse et de nous quereller,
Soyons amis, *Briffaut*, c'est moi qui t'en convie ;
Nous vivrons sans aigreur comme sans jalousie,
Et nous ne verrons pas comment passe le temps ;
Nous irons côte à côte attaquer les manants ;
Ensemble on nous verra dormir et nous repaître,
Jouer innocemment, caresser notre maître.
Je me sens tout ému quand je pense à cela ;
Donne la patte, allons. — J'y consens, la voilà ;
Je suis tout prêt moi-même à pleurer de tendresse.»
Et nos amis de s'embrasser,
De battre de la queue et de se caresser.
Mais, comme ils en étaient à hurler d'allégresse,
Le marmiton leur jette un os :
La trêve est expirée ; adieu les bons propos,
Oreste furieux s'élance sur Pilade ;
Il ne s'agit plus d'embrassade,
Nos deux amis jouant des dents ;
Avec peine un seau d'eau calme les combattants.

D'une telle amitié l'exemple chez les hommes
Se rencontre souvent dans le siècle où nous sommes,

Et cette fable au vrai nous peint beaucoup de gens.
Ils sont tout feu, tout flamme ; on dirait des amans ;
Leur amitié sincère en proverbe est passée ;
Mais jetez-leur un os, vous verrez leur pensée ;
Tous leurs bons sentiments feront place aussitôt
    A la tendresse de Briffaut.

DÉBUT DE L'ÉPITAPHE DE XAVIER

COMPOSÉE PAR L'AUTEUR,

Ci-gît sous cette pierre grise
Xavier, qui de tout s'étonnait,
Demandant d'où venait la bise
Et pourquoi Jupiter tonnait...

FIN DU TOME SECOND.

NOTES DU TOME SECOND

DE

XAVIER DE MAISTRE

Page 5, ligne 25. — On y est fort content du jeune roi. — Ferdinand II, monté sur le trône le 10 décembre 1830.

Page 6, ligne 3. — Les Polonais... se défendent bien. — Xavier, bien que ses sympathies fussent dans l'autre camp, ne peut s'empêcher ici de reconnaître le courage des insurgés, mais c'est le seul passage. Les mois de mars et d'avril furent très-heureux pour l'insurrection polonaise : Shzrynecki avait culbuté l'avant-garde russe dans la forêt de Wawer (31 mars), puis attaqué Dambé et mis en fuite le 2º corps d'armée; enfin, une division russe fut défaite à Iganie; mais, après cette victoire, le général polonais perdit du temps, ne sut pas profiter de ses avantages, et le prince Paskewitch, qui prit le commandement de l'armée russe, faisait son entrée le 8 septembre dans la capitale de la Pologne.

Dans la lettre suivante, datée du 16 mai, Xavier se montre, en effet, plus rassuré. La victoire était revenue sous les drapeaux russes.

Page 10, ligne 3. — *Les événements de Tarascon, de Metz, de Grenoble.* — Le signal avait été donné simultanément dans un certain nombre de villes pour des soulèvements correspondant à l'insurrection de Paris des 5 et 6 juin 1831.

Page 11, ligne 3. — *Le prince Gagarin.* — Ambassadeur de Russie à Naples, beau-père de Mᵐᵉ Schwetchine.

Page 13, ligne 1. — *M. de Ribeaupierre.* — Ambassadeur de Russie à Constantinople, fut grand chambellan de l'empereur de Russie.

Page 13, ligne 19. — *La merveilleuse Grotte d'azur,* — située au N. O. de l'île Capri. On n'y peut pénétrer qu'en se couchant au fond du canot ; à l'intérieur, la voûte s'élève à 13 mètres de hauteur au-dessus de la mer. L'admirable teinte bleue répandue sur tous les objets dans cette grotte, profonde de 53 mètres, avait dû frapper un voyageur curieux, comme Xavier, de tous les problèmes de physique et de chimie.

Page 13, ligne 29. — *La Piscine, les Cammerelles, la rue des Tombeaux.* — La *Piscina mirabilis*, près de Bacoli, réservoir d'eau établi à l'extrémité de l'*aqueduc Julien*, avec un plafond voûté reposant sur quarante-huit forts piliers, le tout parfaitement conservé.

Les *Cammerelles.* On croit que les réduits souterrains appelés *cento camerelle* (les cent chambres), *Carcere di Nerone*, ou le *Labyrinthe*, étaient les substructions d'une villa de *Jules César.*

La rue ou *voie des Tombeaux*, la plus belle partie de Pompéies, est une grande route militaire qui conduisait de Capoue à Naples, et de là à Reggio, par Herculanum et Pompéies.

Page 13, ligne 30.— Le Temple de Vénus— situé à l'O. du Forum était inachevé au moment de la catastrophe. Au milieu d'une grande cour carrée, s'élevait, sur un soubassement le temple proprement dit qu'on abordait par un escalier de treize marches. Devant l'escalier, l'autel avec le nom de ses fondateurs, qui servait à des sacrifices d'encens, tels qu'on les offrait à Vénus. Derrière le vestibule, s'étendait le sanctuaire dominé par la statue de la déesse, placée sur un piedestal élevé. On n'a retrouvé en ce lieu que les débris d'une statue mutilée de Vénus.

Page 14, ligne 1. — Nous ne savons point ce que fait le maréchal Paskewitch. — « La partie d'échecs se débrouillait. » La fortune continuait à servir le maréchal et lui fournissait des armes dans le camp même de ses ennemis. La veille du jour où Xavier écrivait cette lettre, dans la nuit du 15 août, éclatait l'insurrection de Varsovie, où une foule furieuse massacrait les membres de l'aristocratie, sous prétexte qu'elle paralysait et trahissait la cause nationale. Ce sont là, dans l'histoire des peuples, de ces pages lamentables qui sembleraient parfois donner raison aux doctrines des frères de Maistre.

Page 14, ligne 20. — Mme de Lutzoff. — De la famille des Czartoriski. Son mari fut ambassadeur de Naples à Rome.

Page 16, ligne 31.— Ces vers appartiennent sans doute à la pièce dont Xavier cite trois vers. (Voir notes du tome Ier, p. 205.)

Page 18, ligne 7. — Mes idées..... sont diamétralement opposées aux vôtres. — Si la discrétion ne nous permet pas de préjuger les opinions de M. le colonel Hüber-Saladin, ces mots semblent assez clairs; on peut, d'ailleurs, s'en faire une idée par la lecture de ses principales brochures politiques: *Peu de mots sur l'Italie* (1831);

De la tolérance religieuse (1832), etc. (Voir la note du tome Ier, p. 203.)

Page 19, ligne 32. — *Ce sont des outils de la Providence.* — C'est, en propres termes, la doctrine de Joseph de Maistre.

Page 20, ligne 21. — *A Cour.* — Voir la note du tome Ier, p. 238.

Page 20, ligne 25. — *L'amitié de M. Deodati.* — (Deodat est une faute typographique; nous avons trouvé le nom de cette famille écrit Deodati et Diodati). Pasteur et bibliothécaire genevois, cet écrivain distingué avait passé l'hiver de 1831 à Rome. Il descendait d'une famille patricienne de Lucques, qui embrassa le protestantisme et vint s'établir à Genève vers le milieu du XVIe siècle. Le comte Joseph de Maistre avait eu des relations suivies avec un proche parent du pasteur. (Voir premier volume de sa correspondance, lettres au comte Deodati à Genève.)

Page 20, ligne 26. — *Mon mémoire sur les couleurs.* — S'agit-il ici de ce mémoire sur « *la Physique des couleurs et sur le Mécanisme de la peinture* » dont Xavier parle dans une lettre de 1828 (t. II, p. 129)? Cet ouvrage dont les libraires « ne savaient que faire » aurait pu enfin, grâce à M. Deodati, voir le jour après trois ans d'attente. La Bibliothèque de Genève a bien donné l'année suivante (1832) un mémoire sur *la Couleur de l'air et des eaux profondes*, mais nous croyons qu'il s'agit plutôt du premier.

Page 21, ligne 12. — *M. et Mme Eynard.* — M. Eynard-Lullin, connu par son dévouement à la cause de la Grèce. Il avait été attaché à la légation de M. Pictet de Rochemont, ministre plénipotentiaire de la Diète helvé-

tique à Vienne et à Paris. La belle maison, dite palais
Eynard, à Genève, a été moins habitée que le palais de
Florence, où M. et Mme Eynard, en grande faveur à la
cour du grand-duc, ont reçu pendant plusieurs années
la plus brillante société européenne. (*Note de M. H. S.*)

Page 21, ligne 27. — *La santé de M. Vernet.* — (Lisez
Mademoiselle et non *Monsieur*). Mlle Vernet, fille du syndic
Vernet-Pictet avait épousé le baron Auguste de Staël,
fils aîné de l'auteur de *Corinne* et frère de la duchesse de
Broglie. Elle est morte récemment à Genève, laissant le
château de Coppet à sa nièce, Mme la comtesse d'Hausson-
ville. Les deux volumes de Doudan renferment un
grand nombre de lettres à son adresse. Un frère de
Mme de Staël mourut, croyons-nous, vers cette époque,
victime de son dévouement dans un incendie. Est-ce à ce
deuil que le comte Xavier de Maistre fait allusion ?

(Note de M. H. S.)

Page 23, ligne 20. — *Une main de fer comme celle de Na-*
poléon. — Quelque jugement que l'on porte sur les opinions de Xavier de Maistre, on ne peut s'empêcher d'être
frappé de ces mots et de se reporter à vingt années au
delà.

Page 23, ligne 30. — *Votre excellent oncle.* — François Hüber-Lullin, savant naturaliste, né à Genève vers
1750, fut atteint dès l'âge de vingt ans d'une cécité
complète. Son domestique François Burnand, devenu
depuis un instituteur distingué, lui servait à la fois
d'explorateur, de lecteur et d'écrivain. Mme Hüber a souvent aussi aidé son mari dans ses observations entomo-
logiques. Hüber a découvert que la mère abeille est
fécondée en l'air par l'approche des faux bourdons.
C'est de lui que Delille a dit, dans son poëme des *Trois*
règnes :

Enfin, de leur hymen, savant dépositaire,
L'aveugle Hüber l'a vu par les regards d'autrui,
Et sur ce grand problème un nouveau jour a lui.

Page 24, ligne 23. — *L'écharpe.* — On ne s'étonnera pas
que Xavier ait été peu favorable à l'*école romantique* et
à son chef. Il est évidemment, sur *Notre-Dame de Paris*,
de l'avis d'Eugénie de Guérin avec laquelle nous savons
qu'il entretint une correspondance. « Ces génies, écrit-
elle, ont des laideurs qui choquent l'œil d'une femme.
Je déteste de rencontrer ce que je ne veux pas voir, ce
qui me fait fermer bien des livres. *Notre-Dame de Paris*
que j'ai sous la main cent fois le jour, ce style, cette
Esméralda, sa chevrette, tant de jolies choses me tentent,
me disent : « Lis, vois. » Je regarde, je feuillette, mais
des souillures par ci par là sur ces pages m'arrêtent;
plus de lecture et je me contente de regarder les
images. » (*Journal* d'Eugénie de Guérin, p. 153.)

Page 25, ligne 4. — *Mlle Yvanoff.* — Nièce de la
comtesse de Maistre.

Page 25, ligne 12. — *Mlle Silvestre.* — Institutrice
genevoise de la princesse Augusta de Saxe-Weimar,
aujourd'hui impératrice d'Allemagne.

Page 26, ligne 8. — *Voilà la Duchesse du Berry.* — Le
coup de main tenté par la duchesse de Berry (avril 1832)
avait échoué dans le midi. En Vendée même, sur cette
terre classique du dévouement aux principes monar-
chiques, malgré quelques faits d'armes brillants, tels que
les combats de Riallé, du Chêne, le siége du château de
la Pénissière, l'entreprise n'avait servi qu'à faire couler
inutilement le sang français. Les chefs du parti les
plus intelligents, soit dans l'Ouest, soit à Paris, MM. de
la Roche Saint-André, de Goulaine, de Goyon, de Tin-
guy, Châteaubriand, Fitz-James, Bellune, Pastoret,

etc., avaient désapprouvé énergiquement cette aventureuse entreprise, et Berryer avait été chargé de supplier la princesse de s'éloigner.

Page 26, ligne 13. — *Que je suis sous le joug.* — Allusion à sa position en Russie. Ce joug, Xavier le confesse, lui était assez léger à porter.

Page 27, ligne 6. — Bien que Xavier soit parvenu à un âge avancé, il semble avoir été d'une santé délicate. Cette correspondance nous le montre atteint deux fois d'une maladie qui mit sa vie en danger. Il était encore bien faible quand il traça ce billet, car ces quelques lignes sont détachées d'une lettre écrite de la main de sa nièce.

Page 30, ligne 3. — *Lebzeltern.* — Ambassadeur d'Autriche à Naples, épousa Mlle de Laval. Leur fille était la vicomtesse des Cars.

Page 30, ligne 28. — *Une excursion que le grand-duc a faite à Pompéi.* — La ville de Pompéïes, en grande partie détruite par un tremblement de terre (63, ap. J.-C.) fut anéantie en 79 par une épaisse pluie de cendres. Un certain nombre d'habitants, qui ne prirent pas la fuite à temps, trouvèrent la mort dans la ville. On a exhumé plus de cinq cents squelettes dans la partie de la ville découverte (la population de Pompéïes a été évaluée à 30,000 âmes). Des éruptions postérieures ont porté vingt pieds d'épaisseur la couche de décombres qui recouvre la ville. L'antiquité y entreprit quelques fouilles, et le moyen âge l'oublia. Ce n'est qu'en 1748, après la découverte fortuite de statues et d'ustensiles de bronze, que le roi Charles III fit commencer les fouilles : l'Amphithéâtre et le Théâtre furent découverts. Le gouvernement de Murat les fit pousser activement, et le forum,

les murs de la ville, la voie des Tombeaux, un grand
nombre de maisons particulières revirent le jour. Depuis
1860, ces travaux sont confiés à un directeur qui dispose d'un budget spécial. Les ruines sont découvertes
systématiquement : enfin l'on a créé un chemin de fer
et un musée pour le transport et la conservation des
objets exhumés.

Page 32, ligne 11. — *Le général Bugeaud.* — Il avait
été chargé, en 1832, du commandement de la citadelle
de Blaye, où était détenue la duchesse de Berry.

Page 34, ligne 3. = *Les Mun.* — Xavier écrit ordinairement les Meun ; nous avons arbitrairement suppri-
mé l'*e*, croyant d'abord qu'il s'agissait de la famille
d'Adrien de Mun, le mari d'Eugénie de la Ferronnays.
Cette famille n'a aucun rapport avec celle des La Ferté-
Meun. La marquise de Meun et Mme de Champlastreux
étaient filles de M. Molé. La duchesse d'Ayen est fille de
cette dernière.

Page 34, ligne 4. — *Mme de Biron.* — De la famille
des Gontaut-Biron, était une demoiselle de Mun.

Page 36, ligne 6. — *Czarkoe-Selo,* c'est une des résidences
impériales du czar. Le premier essai de chemin de fer
fut fait de Saint-Pétersbourg à Czarkoe-Selo et à Paulowsk. Cette ligne, de 25 kilomètres environ, fut ouverte
à la circulation en 1838. A cette époque la foule se portait avec fureur au parc impérial de Czarkoe-Selo et au
Wauxhall de Paulowsk, où l'administration lui préparait
des fêtes de tout genre.

Page 37, ligne 6. — *Les cinq principaux jacobins
polonais.* — S'agit-il ici des principaux auteurs de la
terrible émeute soulevée à Varsovie ?

Page 48, ligne 22. — *Portici-Saint-Jorio* — occupe l'emplacement de l'ancienne ville d'Herculanum. On y a retrouvé un grand nombre d'antiquités, qui ont été transportées au Musée de Naples.

Page 49, ligne 10. — *La machine anglaise* — doit être un système quelconque d'échelle de réduction.

Page 49, ligne 23. — *Un pauvre Ciociaro,* — ou plutôt *ciocciaro* (paysan chaussé de *cioccie*) (chôches), d'où l'on a dit un chôchard.

Page 56, ligne 6. — *Aux vrais intérêts de notre sainte Religion.* — Nous avons cru pouvoir reproduire cette scène étrange d'intolérance, curieuse au point de vue des mœurs d'une partie du clergé italien, il y a plus de quarante ans. La piété sincère du narrateur, qui n'a jamais écrit une ligne capable de nuire, comme il le dit, « aux vrais intérêts de la sainte religion », est une garantie de l'exactitude de ce récit.

Page 57, ligne 1. — *L'aimable Eulalie,* — marquise Oudinot jusqu'en 1847, aujourd'hui Mᵐᵉ la duchesse douairière de Reggio. (Voir notre étude, p. xiii.)

Page 57, ligne 10. — *La belle Délie,* — Mᵐᵉ de Lauriston.

Page 57, ligne 17. — *J'ai marqué avec un point noir.* — L'en-tête de la lettre est une mauvaise vignette représentant quelques maisons au premier plan et le Vésuve fumant à l'horizon. .

Page 57, ligne 20. — *Une côte qui réunit le Vésuve à la Summa.* — Le *monte Somma* est la partie N.-E. du mont

Vésuve. Une profonde vallée, en forme de faucille, sépare le *Somma* du Vésuve proprement dit. Celui-ci est un cône de cendres, au milieu duquel se trouve le cratère, le seul foyer en activité intermittente depuis trois siècles.

Page 60, ligne 20. — *La Famille de Henry Quatre et Marguerite.* — Xavier, rarement exact dans la transcription des titres, appelle la même pièce dans la lettre suivante, *Henry Quatre en famille.* C'est, croyons-nous, un *tableau anecdote* en un acte, représenté au théâtre Comte, le 27 juin 1828. Nous supposons que la seconde pièce est *Marguerite*, comédie en un acte, mêlée de chant, par Pigol et Félix Picard (1821).

Page 61, ligne 9. — *Les Acton.* — Famille naturalisée anglaise, dont le chef était alors le chevalier Acton. Un membre de cette famille a été cardinal.

Page 63, ligne 18. — *Écrit une panse d'a.* — Locution vieillie, qui signifie tracer le corps d'un a, c'est-à-dire : je n'ai pas écrit une seule lettre.

Page 64, ligne 8. — *Le bon Gigante.* — Nous n'avons pu nous procurer de renseignements sur cet artiste qui ne paraît avoir laissé aucun souvenir aux pensionnaires de la villa Médicis. Sans rien vouloir présumer, ce dégoût de la peinture à l'huile, cette vente au rabais de ses esquisses ne semblent pas s'accorder avec un talent hors ligne. D'ailleurs « ébaucher, mais ne savoir ni retoucher, ni *finir* », n'est pas le fait d'un artiste bien sérieux.

Page 65, ligne 8. — *Ma passion pour les trombes.* — Nous avons signalé dans notre bibliographie des *expériences imitatives pour servir à l'explication des trombes* (1832).

Page 66, ligne 9. — Qu'il ne soit pas libéral. — On appelait alors *libéraux* les partisans de la liberté, dans quelque mesure qu'ils le fussent. On était franchement, ou l'on n'était pas *libéral*. Dans la conviction de Charles X un libéral était un révolutionnaire et ne pouvait être royaliste. En 1828, M. Aug. de Leyral, un député royaliste, disait à la Chambre : « Le royalisme est devenu libéral et le libéralisme est devenu monarchiste. » Déjà le sens du mot s'était modifié depuis 1824. Le mot ne tarda pas à passer dans la langue parlementaire; l'immense majorité des Français l'adopta, quitte pour chacun à l'interpréter dans l'acception et la mesure de son opinion personnelle. Il tend à disparaître du vocabulaire politique avec les principes et les intérêts dont il était l'expression plus ou moins précise.

Page 67, ligne 5. — Ainsi dit le Marmont. — Le maréchal, duc de Raguse, malgré ses talents, ses services et ses victoires, n'a pu échapper à l'impopularité qui atteint la versatilité des dévouements. Les diverses apologies qu'il a publiées de sa conduite n'ont pu l'excuser en 1814 et en 1830. Cette expression même qu'emploie Xavier, *le Marmont,* donnerait à penser que les hautes dignités dont il fut revêtu sous la Restauration n'avaient point suffi à lui rendre toute la considération de la petite société de Castellamare. Les faveurs de Louis XVIII n'avaient pas complétement fait oublier *le vieil homme.*

Page 69, ligne 31. — Six mois à Tiflis. — Lors de son expédition en Géorgie (Voir notre étude, page XXXII.)

Page 70, ligne 2. — Parce que j'en ai soixante et onze (ans). — Ce passage de Xavier, nous l'avons dit, serait décisif pour déterminer avec précision l'année de sa naissance; malheureusement, cette lettre, par exception, n'est pas datée.

Page 71, ligne 9. — *Le fameux tremblement de terre de 1806.* — Nous croyons que Xavier se trompe d'une année ; on a cité les éruptions de 1804 et 1805, mais l'*Annuaire volcanique* n'en signale point de nouvelle en 1806.

Page 73, ligne 1. — *Les deux tourtereaux.* — Il s'agit du baron Gustave de Friesenhoff et de Natalie, qui étaient sur le point de se marier.

Page 79, ligne 20. — *M. Palegoix,* — le nouveau précepteur, sans doute celui que le comte de Marcellus avait procuré, pour achever l'éducation d'Arthur. (Voir t. 1er, page 262.)

Page 81, ligne 16. — *Il ira à la messe avec les autres.* — C'est-à-dire par l'entraînement ; par l'exemple, il fera comme tout le monde.

Page 81, ligne 18. — *Je devrais m'excuser auprès de vous.* — Ces mots sembleraient le début d'une nouvelle lettre, mais s'expliquent par les dernières lignes : « Ma lettre a chômé quelques jours sur ma table » (p. 84).

Page 81, ligne 24. — *Je me sens devenir apathique et léthargique.* — C'est à cette année (1837) que Xavier de Maistre signale, pour la première fois, dans cette correspondance, l'engourdissement qui, à certains moments, s'empare de son esprit, mais son affection la secoue si bien, quand il prend la plume, que le lecteur ne s'aperçoit pas de cet assoupissement. Pourtant, il revient souvent sur cette infirmité, qui devait le laisser vivre encore par le cœur pendant quinze ans.

Page 83, ligne 1. — *Dans le jugement... sur son poëme.* — Il s'agit de Jocelyn. Ce poëme de Lamartine avait paru dès l'année 1835.

Page 83, ligne 10. — *La politique rationnelle.* — Brochure in-8º, publiée en 1831. Encore attaché de cœur à la monarchie des Bourbons. Lamartine n'avait d'abord pas voulu servir celle de Juillet qu'il regarde comme une époque de transition. Dans sa brochure, il indique à la société et au pouvoir une politique chrétienne qui est à la fois « celle de la morale, de la raison et de la vertu ». Pensant qu'il a donné assez de regrets « au passé qui n'est plus qu'un rêve », il se décide à rentrer dans la vie active. Il se laissa porter candidat pour la députation à Toulon et à Dunkerque, mais ne fut pas élu. C'est à la suite de cet échec qu'il entreprit son voyage en Orient.

Page 83, ligne 14. — *Le saint-simonisme.* — Nous n'avons pas besoin d'interroger Xavier pour deviner son opinion sur Saint-Simon et sa doctrine. Il s'en explique d'ailleurs assez clairement dans la lettre où il raconte avec une bouffonnerie spirituelle la tentative de suicide de trois malheureux saint-simoniens (t. II, p. 45).

A propos d'un ouvrage ayant pour titre : *le Saint-Simonisme jugé par un saint-simonien* (1868), où l'on voit figurer les noms des principaux adeptes de Ménilmontant, les Charton, les Chevalier, les d'Eichtal, les Barrault, M. A. Desonnaz, faisant la part des illusions généreuses de la jeunesse, juge cette doctrine avec une judicieuse sévérité. « Ces égarements de la raison naissent presque toujours d'une même cause : l'orgueil. C'est parce qu'on ne consent point à n'être qu'un homme qu'on arrive à être moins qu'un homme et ce mot de Pascal est éternellement vrai : *Qui veut faire l'ange fait la bête.* » Le châtiment de ces orgueils surhumains ne se fait pas attendre. On est puni non-seulement par le désordre moral de sa pensée, mais aussi par le désordre moral de sa vie ; on commence par l'ascétisme, ou finit par le charlatanisme, et quand se réveille la raison, la moralité ne se réveille pas tout entière. »

Page 83, ligne 27. — *Ont apostasié comme M. Lamennais.* — Après 1830, il rompit avec l'Église et embrassa la cause démocratique. Fondateur du journal *l'Avenir*, il avait déjà publié sous l'inspiration de ces nouvelles idées *Paroles d'un croyant* (1834), *Affaires de Rome* (1836) Le *livre du peuple* paraissait l'année même où est écrite cette lettre (1837.)

Page 83, ligne 28. — *Jocelyn a été mis à l'index.* — L'auteur revient ailleurs sur ce poëme de Lamartine, dont, à ce moment, il n'avait encore vu que quelques extraits. (Voir tome II, page 104.)

Page 84, ligne 10. — Quelque opinion que l'on porte sur la carrière politique de Lamartine, on ne peut s'empêcher de remarquer avec quelle perspicacité Xavier devait pressenti que le poëte, lancé dans cette voie, ne pourrait se contenter de jouer un personnage subalterne, t que son ambition et son talent, aidés des circonstances, le pousseraient fatalement, comme les Thiers et les Guizot, à un premier rôle. Ajoutons que cette affection « quand même », entre deux hommes d'opinions si opposées, les honore l'un et l'autre.

Page 85, ligne 6. — *Une longue et triste lettre après la mort de mon dernier frère.* — Elle n'a pas dû arriver à destination, les Marcellus n'eussent pas manqué d'y répondre.

André, l'évêque d'Aoste, était mort en 1818; Joseph, le 26 juin 1821. Victor mourut très-jeune. Il s'agit donc ici de Nicolas. (Voir notre étude, page xxv et suiv.).

Page 86, ligne 8. — *Le petit Boccapianola.* — Il y a sans doute ici erreur de date, ou confusion entre le petit et le grand Boccapianola, car nous avons vu, dans une lettre précédente (t. II, p. 76), que Mme de Maistre, sur le conseil d'un architecte, quitta subitement le *petit Bocca pianola,* alarmée par le peu de solidité de la maison. Il n'est pas probable qu'elle y soit rentrée, l'ayant abandonnée pour un pareil motif.

Page 87. — Que le lecteur, à qui nous nous garderions bien de dicter ses impressions, nous pardonne, pour une fois, de lui faire remarquer le charme de cette page, une des plus gracieuses et des mieux venues de cette correspondance. Xavier excelle à peindre un paysage animé par la présence ou le souvenir d'un ami. En ce sens, il est peintre d'*histoire;* un *personnage* suffit à sa plume pour mettre en pleine lumière le site qu'il décrit.

Page 88, ligne 20. — *Depuis mon malheur.* — Il venait de perdre, à Naples, Arthur, le dernier de ses quatre enfants, et si quelque chose avait pu augmenter l'affection qui l'unissait aux Marcellus, ce sont les témoignages de tendre amitié qu'il en reçut dans cette douloureuse épreuve. Il les aime assez pour que l'espoir d'un rapprochement soit « une vraie consolation », mais ce n'est là qu'un faible éclair, comme le prouve la lettre suivante, et la poignante amertume de ces mots : « C'est qu'alors je ne savais pas que je devais mourir deux fois. »

Page 95, ligne 9. — *Des députés de la noblesse et de la bourgeoisie savoyarde.* — Un frère de Xavier, Nicolas, fit partie de cette députation. (Voir notre *Étude,* page XXVI.) Sans nier l'attachement des Savoisiens pour la maison de Savoie, il est permis de rappeler combien étaient divisés les partis politiques. Charles-Emmanuel IV a fait d'impuissants efforts pour comprimer dans son royaume les ferments de révolution, et plus tard l'héroïque vaincu de Novare, Charles-Albert, père du roi actuel, fut le représentant des idées libérales dues à son éducation française.

Page 97, ligne 30. — *Babylone.* — Avons-nous besoin de l'expliquer, c'est Paris qu'il allait, cette année même, visiter pour la première fois. Il y était au plus tard dès le début de novembre, puisque la lettre suivante, datée de Paris, porte la date du 6 novembre.

Page 98, ligne 7. — *Mon neveu de Buttel.* — Dans une lettre, adressée à M. le comte de Marcellus (5 oct. 1852), nous trouvons les lignes suivantes : « M. de Buttel était son neveu favori ; c'est à lui qu'il a donné dans le temps le petit héritage qui lui était échu en Savoie ; c'est même là, *au château de Belmont, près du pont Beauvoisin,* que demeure ce dernier qui, premier officier au ministère des affaires étrangères à Turin, a pris sa retraite, lorsque, après les événements de Février, la politique de ce pays a pris une tournure qui ne pouvait convenir à un homme d'opinions politiques et religieuses aussi décidées que les siennes ». (Voir notre *Étude,* page xiv.)

Page 100, ligne 25. — *Une scène d'Hernani, de V. Hugo.* — Cette toile est à ajouter à la liste de ses œuvres que nous avons donnée aux notes du tome Ier, page 236. Le tableau des *Capucins,* dont il est question dans ce même passage, est probablement *le Chœur des Capucins de la place Barberine.*

Page 100, ligne 32. — *Les Stakelberg.* — M. de Stakelberg fut longtemps ambassadeur de Russie à Naples, puis quelque temps à Paris.

Page 107, ligne 1. — *Il y a plus de quarante ans,* etc. — La 1re édition du *Voyage* fut publiée en 1794. Il y avait donc quarante-six ans que son premier essai avait paru. Encore Xavier ne tient-il pas compte du *Prospectus* et de la *lettre* publiés en 1784.

Page 107 bis, ligne 18. — *Combien d'auteurs célèbres ont trop écrit !* — On peut bien supposer qu'il pense à Voltaire. (Voir sa fable de *l'Auteur et le Voleur,* t. II, p. 223.)

Page 108, ligne 5. — Il me serait plus facile de parler de Naples. — Ne croirait-on pas voir dans ces lignes une sorte d'acquiescement à la publication d'une partie de cette correspondance, tout inspirée par « le beau climat de l'Italie » ? C'est du moins, s'il eût consenti à reprendre la plume pour le public, le sujet dont il l'eût le plus volontiers entretenu.

Page 108, ligne 27. — Elle y est remontée d'elle-même sur les ailes de la gloire. — Xavier, comme son frère Joseph, malgré leur haine profonde pour Napoléon, ne pouvait s'empêcher, par échappées involontaires, de rendre quelquefois hommage à ce fatal et puissant génie. Cette admiration inspire ici à sa plume une image vraiment poétique.

Page 111, ligne 3. — Mais les femmes n'y sont pas admises ! — Xavier de Maistre est tout entier dans cette exclamation. Nous nous expliquons ses qualités, par ses défauts mêmes, le charme de son commerce pour les femmes et leur séduction sur son esprit.

Page 111, ligne 7. — Un des hommes les plus patients. — Nous serions bien trompé si Xavier ne voulait désigner ici le comte de Marcellus. Nous avons prouvé par quelques citations que, malgré « son inaptitude » et sa répugnance, il se laissait quelquefois entraîner sur le terrain politique dans l'intimité.

Page 113, ligne 15. — Le Voyage en Orient, — ou les *Souvenirs d'Orient,* ouvrage de M. de Marcellus ; il en est encore question plus loin (p. 135) pour un article que Töpffer lui consacra dans la *Bibliothèque universelle de Genève.*

Page 113, ligne 16. — La bonne marquise. — Mᵐᵉ la marquise Oudinot.

Page 114, ligne 21. — La rue de Bourgogne, ou celle de Las-Cases. — L'hôtel du marquis Oudinot, alors au numéro 32 (depuis 44) rue de Bourgogne, et celui du comte de Marcellus. ·

Page 115, ligne 28. — Colowrat. — Le comte François-Antoine Kolowrat-Lieb-Steinsky, né à Prague, en 1778, fut nommé, en 1810, *Oberst-Burggraf* de Bohême, c'est-à-dire gouverneur suprême. En 1826, l'empereur François l'appela à Vienne, comme ministre de cabinet et d'État. En cette qualité, il devint le chef de toute l'administration de l'empire et conserva ce poste sous deux règnes, jusqu'à l'année 1848, où la révolution de Vienne l'éloigna des affaires. Il est mort en 1861. Il a légué une précieuse bibliothèque de 40,000 volumes au musée de Prague.

Pendant vingt-deux ans, le comte de Kolowrat fut le rival du prince de Metternich. Ces deux hommes d'État étaient ennemis politiques déclarés. Leur lutte, dans les séances de la conférence d'État, fut d'autant plus vive, que les limites du pouvoir et les attributions des deux ministres n'étaient pas bien définies. Le comte Kolowrat ne se mêlait pas du département de son collègue, tandis que le prince de Metternich, comme chancelier d'État, se croyait autorisé à surveiller et à régenter les actes officiels du comte. L'empereur François, malgré sa confiance dans le prince comme homme politique et ministre des affaires étrangères, sauvegardait l'indépendance de Kolowrat dont il avait apprécié l'intégrité et l'économie. M. Guizot, dans ses *Mémoires,* raconte que le prince de Metternich lui avait avoué, pendant leur exil à Londres, qu'il n'avait jamais *gouverné* l'Autriche, et M. Guizot a pris cette parole pour une bizarrerie de son interlocuteur. Le prince était pourtant dans la vérité, en ce sens que c'était réellement Kolowrat, et non lui, qui conduisait le gouvernement intérieur de l'empire.

S'il y eut entre les deux rivaux une sorte de rapprochement à l'avénement de l'empereur Ferdinand, c'est qu'ils sentirent alors le besoin d'unir leurs efforts pour défendre leur pouvoir contre l'archiduc Louis, placé par le conseil de famille à la tête des affaires, à cause de l'incapacité de l'empereur.

Page 115, ligne 28. — Clam. — Charles-Joseph Nepomuk de Clam-Martiniez, né à Prague, en 1792, feld-maréchal-lieutenant sous le règne de l'empereur François, grand favori de ce souverain et de l'empereur Alexandre Ier de Russie, et aide de camp général de l'empereur Ferdinand. Il était chef de la section militaire dans le conseil d'État, c'est-à-dire ministre de la guerre, mais plus diplomate encore que militaire, grand ami du prince de Metternich, grand soutien de la politique de ce ministre, et employé par lui aux négociations les plus importantes de l'époque. — Xavier de Maistre a donc raison d'écrire que Clam et Kolowrat « n'étaient pas d'accord ». Clam est mort à Vienne, en 1840.

On trouve partout des renseignements sur Metternich qui, pendant un demi-siècle, a mis la main aux plus grandes affaires et à tous les traités européens ; nous avons préféré fournir quelques détails précis sur Kolowrat et Clam, personnages presque ignorés des nouvelles générations. Nous tenons ces informations d'un secrétaire qui a connu tout l'ancien personnel diplomatique.

Page 117, ligne 13. — Pastoret — (le comte Amédée de), fils du célèbre président de la Chambre des pairs en 1820, se démit de tous ses emplois en 1830 et devint l'un des conseillers intimes du duc de Chambord, dont il administra les biens. A la suite de dissentiments politiques, le comte Pastoret rompit avec les Bourbons et se rallia au second Empire.

Page 117, ligne 24. — Le Dieu poursuivant sa carrière. — Tout le monde connaît ces premiers vers d'une strophe de Lefranc de Pompignan, les seuls qu'on ait retenus de ce poëte oublié.

Page 120, ligne 23. — *Töpffer aura toute raison d'en être blessé.* — Une lettre inédite de l'écrivain génevois que nous publions à la page suivante, lettre écrite quatre mois après celle-ci, montre que ces « corrections » étaient bien loin d'avoir obscurci du moindre nuage l'amitié des deux écrivains. Ce témoignage suffirait à prouver l'exagération des scrupules de Xavier.

Page 121, ligne 11. — *Le poète défunt dont vous avez sans doute entendu parler.* — Xavier oublie qu'il en a lui-même entretenu Mme de Marcellus dans une lettre précédente (4 avril 1839).

Page 124, ligne 11. — *L'anecdote que j'avais commencée à Paris.* — C'est, croyons-nous, l'anecdote relative au roi de Suède, Gustave, extraite d'une nouvelle inachevée. (Voir ce fragment, t. Ier, p. 107.)

Page 127, ligne 25. — *M. de Sircey.* — Fils de l'amiral de ce nom, a été ministre plénipotentiaire à Téhéran.

Page 128, ligne 26. — *Je vous envoie la lettre de Töpffer.* — Bien que Xavier annonce deux fois l'envoi d'une lettre de Töpffer (voir page 135), nous croyons qu'il n'en a envoyé qu'une à Mme de Marcellus. Nous avons la bonne fortune de la pouvoir donner à nos lecteurs. Après tant de sacrifices que nous avons dû nous imposer au cours de cette publication, la comtesse de Marcellus nous pardonnera de n'avoir pas eu le courage de tronquer cette naïve et intéressante épitre. Töpffer ne peut être un témoin suspect dans les éloges donnés à l'amie de Xavier de Maistre et, malgré sa volonté formellement exprimée de rester dans l'ombre, nous avons cru pouvoir conserver ici cette légère esquisse d'une physionomie dont le charme s'imposait à tous. Le jugement si sincère du conteur sur ses productions, ses théories élevées, sa rancune contre l'invention de Daguerre et les procédés mécaniques substitués à l'art, autant de pages qui méritaient vraiment de voir le jour.

Nous avons retrouvé cette charmante lettre au milieu de celles que Xavier adressait à Mme la comtesse de Marcellus. Elle est donc inédite, comme toute la correspondance de Töpffer et nous ne résistons pas au plaisir d'en enrichir ces notes. Malgré la place modeste où nous sommes obligé de la reléguer, on appréciera à sa valeur, croyons-nous, cette épitre qui nous fait connaître avec une si sincère et si fine bonhomie le sentiment de l'auteur sur lui-même et sur ses amis. Combien cette lettre augmente les regrets, que nous avons exprimés dans notre étude, de n'avoir pu obtenir communication des cinquante lettres que Xavier avait adressées à ce charmant esprit !

A M. LE COMTE XAVIER DE MAISTRE.

« Genève, 21 novembre 1839.

« Vous m'encouragez à vous écrire, monsieur; n'ayez peur que je ne profite pas de la permission, ou plutôt craignez que je n'en profite trop. C'est pour moi un plaisir plein de douceur et je n'ai qu'un regret, c'est de n'avoir pas commencé à correspondre avec vous si tôt que j'aurais pu, peut-être. Ce n'est pas l'envie qui me manquait, mais à moins d'un peu d'aide de votre part, je n'osais. Cette aide m'est venue et de la plus gracieuse manière ; j'en profite donc.

« Je viens d'écrire à Mlle de Virieu qui a vu entre vos mains mes *Voyages* et qui me remerciait de lui en avoir offert un. Je lui dis que je vous remercierai à mon tour de m'avoir procuré l'honneur de faire sa connaissance et de m'entendre dire par elle beaucoup de jolies choses, sans compter un dessin de sa façon qu'elle me demande *la permission* de m'offrir. Vous devez penser si j'ai bien vite accordé la permission. Je m'aperçois bien souvent, monsieur, que je vous suis redevable auprès de personnes distinguées par leur esprit et leurs sentiments, de la bonne opinion qu'elles veulent bien avoir de moi, et que vous me faisiez, outre beaucoup d'honneur, autant de bien qu'il était en vous, avant même que j'eusse la possibilité de vous exprimer toute ma gratitude. Ainsi font les personnes excellentes; aussi ce procédé ne m'étonne pas de votre part, mais il me touche et augmente mon affection pour vous.

« Ceci m'amène à Mme de Marcellus dont vous dites : *Mens divinior*, etc., dont je veux dire à mon tour :

« *Gratior et pulchro veniens in corpore virtus.*

« Sa figure est de celles qu'on n'oublie pas, et les qualités de cœur dont vous me parlez s'y devinent. Elle représente pour moi qui, je l'avoue, ne connais la société française que par les livres, et un peu par *quelques parents* d'élèves à qui j'ai affaire, ce type élégant, digne et pur qui tend à se perdre et qui ne sera bientôt plus que dans le souvenir de quelques personnes. On dit que les rois s'en vont; je trouve que ce qui est plus vrai, en France même, c'est que les femmes s'en vont. La façon dont cette charmante dame me priait de rendre compte de l'ouvrage de son mari, me représentait entre elle et lui, que je ne connaissais point, une affection intime et toute tendre, quoique conjugale, inspirant sympathie et respect. Quand je dis que je ne connais point M. de Marcellus, ce n'est plus exact aujourd'hui. J'ai appris à le connaître en lisant son *Voyage*, et je me suis senti tout rempli de sympathie pour lui. Il a un tour délicat, sensible, un peu mélancolique, ce *naturel* français d'autrefois, simple et élégant et puis, et puis... il adore un dieu que j'adore aussi, Homère. Aussi, quoique je ne sache en aucune façon écrire à volonté et à propos sur un sujet donné, je me suis mis à cet article

avec un vif désir d'y réussir. Je ne sais pas si j'ai réussi
à y réussir, mais tout au moins le cœur s'étant mis un
peu de la partie et l'ouvrage m'ayant beaucoup intéressé,
j'ai *accompli* mon article. Il y a six semaines qu'il est prêt
et il devait paraître dans la *Bibliothèque universelle*, ce
mois-ci, et puis on m'a renvoyé au mois prochain. J'aimerais qu'il allât jusqu'à vous, et j'aimerais surtout que
vous n'en fussiez pas trop mécontent. Mᵐᵉ de Marcellus
doit croire que j'ai oublié sa requête, très-flatteuse
d'ailleurs, et je suis impatient de lui avoir montré qu'il
n'en est rien.

« Je n'entends plus rien dire de M. de Sainte-Beuve et
de M. Charpentier, mais gardez-vous de vous imaginer
que je m'en soucie en aucune façon, ou qu'à aucun prix
j'allasse leur rappeler leur ancien projet d'éditer mes
bluettes. Plus j'avance, plus je suis content de n'avoir
aucun rapport avec critiques, éditeurs, gazettes, etc.,
d'écrire dans l'obscurité pour ma récréation, sans aucune
idée de spéculation, sans aucune prétention de célébrité,
d'être un maître d'école qui écrit et non pas un auteur
qui est maître d'école. C'est grâce à cette méthode que
des critiques quelquefois un peu virulentes et qui me
supposent des prétentions que je n'ai point, m'amusent
dans ce qu'elles ont de faux et ne m'irritent point dans
ce qu'elles ont de juste, tandis que le suffrage indulgent
et amical de quelques esprits distingués me cause un vif
plaisir et que les éloges, de quelque part qu'ils viennent, ne me font point de peine. Mais pour en revenir
à Charpentier, je vais faire une chose qui ressemble à
celle qu'il voulait faire, c'est de réunir sous le titre de
Nouvelles et Mélanges et en trois volumes mes ouvrages
imprimés ici : *le Col d'Anterne, le Lac de Gers*, etc., et
quelques articles comme *le Dîner d'artistes, Joseph Homo,
le Progrès*, qu'on me demande bien souvent et qui n'ont
été publiés que dans la *Bibliothèque universelle*. J'aurai
donc : 1ᵉʳ vol., *Histoire de Jules*, 2ᵐᵉ et 3ᵐᵉ, *le Pres-*

bytère, que je vous envoie, et 4ᵐᵉ les *Nouvelle, et Mélanges*
que vous me permettrez de vous adresser plus tard.
A présent, puisque c'est vous qui me remettez sur le
chapitre de mes opuscules, excusez-moi, si je vous
en entretiens un moment, après vous en avoir déjà entretenu dans ce paragraphe. Vous allez dire que je suis
bien plus auteur que je ne crois l'être, et j'ai horrible-
ment peur que vous n'ayez parfaitement raison.

« Je veux d'abord rectifier l'idée que vous vous faites de
mes opuscules sur l'encre de Chine. Vous croyez que je
les reprends en sous-œuvre. Non, je les publie successivement, afin d'arriver, si vie et santé demeurent, à un
ouvrage complet. Telle a été mon intention dès le premier livre ; quand j'approcherai de la fin, je ne publierai
plus à part, mais je me réserverai mes derniers livres,
pour donner quelque attrait de nouveauté au volume
complet. Ainsi, sur ce point, ne manquez pas de me
décharger de tout reproche dans votre première. Quant
à *la Bibliothèque de mon oncle*, j'accepte toutes vos critiques, et je pense qu'on a tort de donner un bonnet et
des souliers à une femme qui plaisait nue. Mais le tort
principal est, je crois, dans des ouvrages de ce genre,
de donner les parties successivement. Si j'avais publié
tout d'une fois *l'Histoire de Jules*, n'est-il pas vrai que,
tout en préférant le milieu, les deux extrémités ne vous
auraient pas donné lieu aux mêmes remarques? Pour ce
qui est de moi, c'est vrai, je m'attache aux personnes
que j'ai imaginées, j'ai de la peine à m'en *dépêtrer*, c'est
mon plaisir de les revoir, de me retrouver avec elles,
et je finis par leur ajuster le bonnet et chausser les
souliers. Je m'engagerais volontiers à les faire agir
pendant cent ans conséquemment avec leur caractère
que je connais toujours plus, et que j'aime à appro-
fondir curieusement, sans songer que les autres en ont
assez. *Le Presbytère* est le plus gros et sera toujours
pour moi, très-indépendamment de son plus ou moins

de mérite ou de défauts, le plus cher de mes enfants.
Et ce livre-là, bien que j'aie fait paraître le premier
livre cinq ans avant les autres, je l'ai conçu d'une pièce.
Il vous plaira bien peu, je le crains. Pourquoi j'y suis
affectionné? C'est parce que j'y ai vécu beaucoup;
parce que j'y ai voulu peindre les mœurs de ma patrie,
et sans autre ambition que celle d'obtenir le suffrage de
mes concitoyens, surtout de la masse, chez qui ces
livres-là, tirés du terroir, renforcent, en le flattant un
peu, l'esprit de nationalité, la seule sauvegarde et le
précieux bien des petits pays ; parce que j'y ai peint un
gredin à qui ressemblent beaucoup de gredins moins
noirs pourtant; parce que, dans les lettres de ce gredin,
j'ai employé un idiome fort vulgaire, mais qui a le
charme (le défaut pour les étrangers) d'être l'idiome
natal, et dans *les lettres de Reybaz,* un français un peu
ancien et libre que j'aime par dessus tout, parce que je
m'en suis donné à cœur joie, et d'étudier des caractères,
ce que j'aime merveilleusement, et de larmoyer vers la
fin, ce que j'aime encore.

« Tes *parce que,* dit le Dieu, ne finiront jamais!

: « Voilà pourquoi. Vous voyez que mes motifs sont
drôles, et ne concluent que pour moi. Ce serait par trop
commode qu'on pût conclure pour les autres.

« A propos, monsieur, voici une occasion, et une
excellente, que je trouve de vous faire parvenir mes
livres. C'est mon bon ami François Duval, le fils aîné
de M. Jacob Duval, l'aîné de la famille actuelle. Il
habite Moscou, où il va retourner, après avoir fait une
visite à son vieux père; je le chargerai de mon paquet,
et j'espère qu'il pourra vous le porter lui-même et se
payer de ses peines par l'avantage de vous voir. C'est
un digne et excellent homme, un de ceux à qui le cœur

et l'estime se donnent tout entiers et se conservent toujours. Il vous remettra *le Presbytère*, le quatrième livre de *l'Encre de Chine*, le *Voyage* de cette année et, enfin, ma nouvelle édition de *Vieux Bois*. C'est, je crois, tout ce que j'ai fait depuis votre départ de Paris. Du reste, vous ne trouverez, dans mon quatrième livre, aucune impertinence sur le daguerréotype. Il n'y figure que comme le **0** dans le thermomètre, c'est-à-dire comme un excellent terme de comparaison, dans un livre où je veux montrer que l'*imitation* est, dans l'*art*, moyen et non pas but, ou, en d'autres termes, qu'un excellent Raphaël sera toujours autre chose et plus que la plus fidèle imitation du plus beau site par le plus parfait des procédés. Vous jugerez si j'ai réussi. D'ailleurs, entendons-nous. Je n'ai pas l'ombre de rancune contre le procédé Daguerre, je le trouve curieux et admirable, mais j'en veux à l'idée admise aussitôt par le vulgaire que ce procédé enfonce l'art, idée matérialiste, et que, à ce titre, j'ai légèrement en abomination, comme tout ce qui contient implicitement le principe du matérialisme. C'est comme en phrénologie. Je n'en veux pas à tel savant qui étudie les bosses d'un pendu, quand même, en le voyant faire, je l'observe avec quelque défiance ; mais j'en veux, et bien, à un *Craniose*, qui, avant de rien savoir, se hâte de systématiser la doctrine la plus matérialiste du monde et de jeter dans les masses des idées qui, en raison même de leur clarté matérielle, y font des ravages que cet animal-là n'arrêtera pas, une fois faits. Au fond, j'honore M. Crépin, et Mᵐᵉ Crépin, je ne peux pas la souffrir. J'ai reçu en cadeau un Daguerre, qui représente Notre-Dame et les maisons voisines. C'est admirable de fini, curieux, instructif, et, toutefois, je me suis confirmé dans l'idée que ceci n'étant que pure imitation, quelque belle qu'elle soit, elle manque du principe de vie qui rend l'*art* immortel, principe qui est la *pensée*, et rien d'autre. Et la preuve, nous la verrons du moment où ces épreuves seront infiniment multipliées et à bas prix : l'on n'en fera guère plus d'usage que du kaléidoscope, tandis que l'on fera toujours du cas des tableaux. A chaque épreuve, c'est une reproduction identique de la nature par le même procédé ; à chaque tableau, c'est une reproduction nouvelle de la nature par d'autres procédés, qui sont *d'expression* et non *d'imitation.*

« Je ne puis vous taire, monsieur, une nouvelle qui peut cependant heurter vos douloureux souvenirs, c'est la délivrance de ma femme, qui m'a donné ces jours passés, et le plus heureusement du monde, une petite fille. Je lui ai présenté (à ma femme) vos hommages, ainsi que vous m'en chargez, et elle est infiniment sensible à cette attention que vous avez de faire mention d'elle dans vos lettres. Veuillez, non pas certes en retour, mais parce que c'est mon sentiment bien sincère, faire agréer à Mme de Maistre mes respectueuses civilités, et, puisque vous lui lisez mes lettres, je me figure donc que je lui écris aussi un peu ; c'est un honneur auquel j'attache beaucoup de prix.

« Le tableau est encadré, verni, placé, et je tâche de l'admirer le plus modestement que je puis ; mais il m'arrive de mettre les gens sur la voie de me demander de qui je tiens ce joli tableau, et, une fois que je les ai mis sur la voie, je ne puis plus les laisser se perdre.

« Il n'y a rien de retors comme l'amour-propre, *le bourgeon.* Si j'ai bien parlé du *bourgeon*, c'est que je l'ai étudié sur moi-même, apparemment.

« Mais me voici au bout de mon papier, il me reste tout juste la place convenable pour vous réitérer, monsieur, l'assurance de mon respect et de mes sentiments bien affectueux. Ne tardez pas trop à me répondre, afin que je n'attende pas trop longtemps le plaisir de vous écrire de nouveau.

« P. S. — Dans le *Voyage,* la tour du Lépreux est très-exactement dessinée, d'après son état actuel. »

Page 130, ligne 1. — *Le gros Presbytère.* — Xavier dit le *gros Presbytère*, parce que l'auteur en a donné le 1er livre sous forme de nouvelle dans les *Nouvellse génevoises* et que c'est le roman tout entier, composé de cinq livres, que Xavier envoie à Mme de Marcellus. Sa critique est juste, parmi des éloges bien mérités : « il y a des longueurs » dans ce roman de 500 pages. Töpffer nous a confessé qu'il ne peut plus se détacher des êtres créés par son imagination. Ce léger défaut est moins prolixité d'écrivain, qu'amour d'un père pour ses enfants.

Page 130, ligne 16. — *Le jeune comte Appony.* — Son père fut ambassadeur à Paris, jusque vers l'époque où a été écrite cette lettre.

Page 130, ligne 20. — *L'inventeur, le docteur Dieffenbach.* — Avant lui, Stromeyer avait pratiqué en Allemagne (1828) la strabotomie, c'est-à-dire la section des muscles trop courts de l'œil chez les personnes qui louchent.

Page 136, ligne 1. — *Le nouveau malheur que vous venez d'éprouver.* — Voir la note consacrée au comte de Forbin, père de la comtesse de Marcellus (Tome 1er, page 234). Bien que le manuscrit ne donne pas l'année de cette lettre, la mort de M. de Forbin et les incidents diplomatiques dont parle Xavier permettent de l'établir avec certitude.

Page 137, ligne 15. — *Je vais maintenant vous parler de C...* — Il s'agit de Charles de la Ferronnays. On connaît le mauvais vouloir de la cour de Saint-Pétersbourg pour la dynastie de Juillet. Le czar sans doute avait fini par reconnaître officiellement le nouveau gouvernement, mais les rapports restèrent toujours singulièrement tendus entre les deux souverains. Nicolas n'a pu se dispenser de donner à Louis-Philippe le titre de *Majesté*, mais il n'y a jamais ajouté ces mots de « *Monsieur mon Frère* », formule qui consacre l'adoption d'un prince dans la grande famille des monarques. En 1841, C. Perier n'avait que le titre de *chargé d'affaires*. Les petites taquineries, « les picoteries » que subit longtemps le corps diplomatique étaient l'expression de ces ressentiments qui ne pouvaient ou n'osaient se traduire sous une autre forme.

Page 140, ligne 8.—Vingt jours en Sicile.—Comme l'écrit plus loin Xavier, cet ouvrage du comte de Marcellus « achève très-bien les *Souvenirs d'Orient* ». Sa lettre du 29 décembre 1842 nous apprend que *les Souvenirs* furent adoptés « comme livre classique par l'Université ».

Page 140, ligne 32.— Un folliculaire déhonté.— Nous n'avons pas besoin de protester contre la violence inacceptable de ces expressions, appliquées à un écrivain dont le talent a honoré les lettres françaises et tiendra une grande place dans la critique du XIXe siècle. Xavier lui-même a conscience des exagérations de sa plume, quand il avoue à Mme de Marcellus (t. II, p. 162) qu'il a écrit à son mari « dans un moment de chagrin et d'irritation contre Sainte-Beuve ». De même, en raillant sa candidature à l'Académie, « ses mauvais vers et sa détestable prose », il ne peut s'empêcher de confesser qu'il a lu « avec plaisir » son livre de *Port-Royal* qui « l'a fort amusé ».

Page 141, ligne 22.— J'en ai lu un dans la Revue *étrangère.* — Xavier en nomme l'auteur, M. F. Foyot, dans sa lettre du 2 août 1841.

Page 142, ligne 21. — *La mort du pauvre comte de la Ferronnays.*— (Voir la note du tome Ier, page 256.)

Page 146, ligne 22. — *Son mari est neveu de Sophie.*— Le comte Anatole Demidoff épousa, en 1840, la princesse Mathilde, fille du roi Jérôme. Nous supposons que c'est à la suite de ce mariage qu'il fut « rayé des cadres ».

Page 150, ligne 22.—L'injustice qu'on a faite à Granet.— Nous ignorons de quelle « vilenie » semblable fut victime

Granet ; mais les artistes savent trop bien ce qu'il leur
en coûterait de réclamer contre certains droits de *cour-*
tage exercés par des Mécènes peu désintéressés.

Page 157, ligne 8.—Une conversion miraculeuse d'un juif.
— M. de Ratisbonne. (Voir la note du t. Ier, page 256.)

Page 165, ligne 21. — Le vicomte d'Arlincourt. — L'immense réputation de l'auteur du *Solitaire* a tenu bien moins
à un véritable talent qu'à une imagination fantastique, à
l'étrangeté de son style et à l'éclat, après 1830, de ses
ressentiments politiques. L'auteur de *l'Étrangère, du Re-*
négat, d'Ipsiboé était complétement oublié avant sa mort
(1856). Déjà en 1842, — le témoignage de Xavier est curieux à recueillir — le vicomte d'Arlincourt, par ses ex-
centricités et ses naïvetés, était jugé dans son monde « *un*
peu ridicule ».

Page 167, ligne 19. — Son rôle militaire était si beau. —
Le marquis Oudinot fut chargé de diriger l'expédition
d'Italie en 1849 et de rétablir l'autorité du pape Pie IX.

Page 168, ligne 3. — M. Calame. — Nous avons vu à
Paris, il y a quelques années, une exposition des œuvres de
ce peintre génevois. Son pinceau s'est particulièrement
exercé à peindre des paysages suisses et des vues de
montagnes.

Page 170, ligne 2. — On nous a dit qu'il serait nommé
ambassadeur à Vienne.—Lamartine, de 1821 à 1830, occupa
différents postes diplomatiques, à Naples, à Londres, à
Florence et en Grèce ; mais, depuis 1830, il n'est pas
rentré dans cette carrière. Il fut envoyé à la Chambre
par les électeurs de Bergues (1834), et, de 1839 à 1848, y
représenta Mâcon, sa ville natale. On sait la part importante qu'il a prise aux événements de 1848. De 1848 à
1851, successivement membre du gouvernement provi-
soire, ministre des affaires étrangères, membre de l'As-

semblée constituante, de la Législative, il est rentré après le coup d'État du 2 décembre dans la vie privée.

Page 171, ligne 14. — *Baltimore... Le quartier de Philadelphie.* — Nous n'avons trouvé aucune trace de ces deux ouvrages dans les catalogues spéciaux de librairie.

Page 172, ligne 9. — *Rubens l'ambassadeur.* — Rubens n'est pas seulement le plus grand des peintres flamands; anobli et comblé d'honneurs par l'archiduc Albert, gouverneur des Pays-Bas, et par l'infante Isabelle, son épouse, il fut chargé par cette dernière de missions diplomatiques près de Jacques Ier d'Angleterre, de Philippe IV d'Espagne et des sept Provinces-Unies.

Page 172, ligne 10. — *Remercier M. de Caraman.* — C'est de cette petite brochure que nous avons extrait les lignes citées (p. XLII) dans notre Étude.

Page 173, ligne 23. — *Merci pour le précieux album.* — C'est le *Portefeuille* du comte de Forbin, qui parut cette année même, avec un texte rédigé par son gendre, le comte de Marcellus.

Page 173, ligne 31. — *Mon portrait que vous avez fait avec tant de soin.* — Celui que représente l'eau-forte de notre volume de Nouvelles.

Page 174, ligne 1. — *Ainsi tout change, ainsi tout passe.* — Ces cinq vers sont les derniers de la 21e pièce des *Méditations poétiques* de Lamartine, *le Golfe de Baïa.*

Page 174, ligne 18. — *Les brillants succès que la comtesse Rossi...* — La grande cantatrice Sontag, qui épousa le comte Rossi en 1830 et se fixa à Berlin. A la suite de revers de fortune, elle reparut, après 1848, sur la scène à Londres, à Paris, et mourut du choléra à Mexico.

Page 175, ligne 20. — *Félicité passée...* — Ces vers sont une poésie de Bertaut, évêque de Séez (1552-1611).

*Page 181, ligne 1. — Ce marquis de Pomenars, dont
parle Mme de Sévigné. —* La citation du texte même de
Mme de Sévigné est indispensable pour comprendre le
passage de Xavier de Maistre : « Pomenars peut se faire
raser au moins d'un côté, il est hors de l'affaire de son
enlèvement ; *il n'a plus que le courant de sa fausse monnoie,*
dont il ne se met guère en peine. » (24 juin 1676.) Il
avait refusé de se faire raser et de « prendre de la peine
après sa tête, avant de savoir si elle devait rester au roi
ou à lui ».

Page 182, ligne 23. — Czarkoe-Seio. — (Voir la note
de la page 36, ligne 6.)

Page 182, ligne 32. — J'ai lu MM. Michelet et Quinet. —
Il s'agit de l'ardente polémique soulevée par la question
de la liberté d'enseignement, où ces deux éminents professeurs défendirent le monopole universitaire et les
droits de l'État.

Page 183, ligne 1. — L'Université catholique. — Ce titre,
devenu de nos jours officiel et légal, était sans doute
celui d'un journal ou d'une revue périodique. Parmi les
innombrables brochures que fit éclore la polémique de
1840 à 1845, citées par le *Journal de la librairie,* nous
n'avons trouvé aucune mention de cette publication. La
sévérité de la censure russe à l'égard de toute publication
politique ou religieuse, non orthodoxe, explique la « communication clandestine ».

Page 183, ligne 3. — Le livre du R. P. Ravignan. — Le titre
exact est : *De l'existence et de l'institut des Jésuites.* Nous
avons en main cette brochure de 117 pages. Paris, Pous-
sielgue-Rusand, 5e édit. 1845). L'auteur y examine en
quatre chapitres, sous forme apologétique, les *exercices
spirituels,* les *constitutions,* les *doctrines* et les *missions* de
la Compagnie de Jésus.

Page 183, ligne 8. — Enfin j'ai lu les Mystères de Paris

—Cet *enfin* ne signifie pas que Xavier en ait achevé la lecture, car dix-huit mois après, il écrit que «M. Suë est tombé par terre, qu'il l'y a laissé et n'a pu l'achever », à moins qu'il ne s'agisse en ce dernier passage du *Juif errant* ou de quelque autre roman du même auteur.

Page 183, ligne 26.— *Pas la moindre esquisse de ce visage.*
— Qu'était devenu le portrait dont il parle dans deux lettres (t. Ier, p. 165 et 167), ce portrait peint par lui-même « qui était sur une table et qu'il regardait souvent ». Il s'en était sans doute séparé en faveur de sa nièce Natalie ou de Mme de Marcellus elle-même.

Page 186, ligne 3. — *La nature marâtre, etc.*
Ces deux vers sont tirés de la tragédie de Crébillon *Rhadamiste et Zénobie* (acte II, sc. II). La citation du second vers est inexacte. Pharasmane, le personnage qui le prononce, dit :

Ne produit, *au lieu d'or*, que du fer, des soldats.

Page 188, ligne 23. — *J'ai lu la vie de Rancé.* — Le jugement de Xavier sur cette biographie du réformateur de la Trappe est fort juste. C'est une des œuvres les plus médiocres de Chateaubriand.

Page 189, ligne 8. — *Le Voyage en Orient de M. d'Es-tourmel.* — *Le comte Joseph d'Estourmel*, préfet sous la Restauration, est né en 1783 et mort en 1852. Outre le *Journal d'un voyage en Orient* (2 vol. in-8° avec 160 planches, 1844), il a publié des *Souvenirs de France et d'Italie* dans les années 1830-31-32 (1848) ; on a publié en 1860 ses *Derniers Souvenirs.*

Page 193, ligne 18. — *Un ancien roman que j'ai retrouvé.*
— Probablement la nouvelle inachevée dont l'héroïne est Catherine Freminski. (Voir un fragment, t. Ier, p. 90.)

Page 194, ligne 11. — *Mme de Biencourt* — était de la famille des Montmorency; son mari a longtemps habité Naples.

Page 199, ligne 11. — *Histoire universelle de l'Église catholique.* — Bien que Xavier ait écrit *Bourbacher,* il n'y a point de doute, l'auteur de cette volumineuse et savante histoire est l'abbé Rhorbascher, né dans le département de la Meurthe, en 1789, mort en 1856. La 1re édition avait paru de 1842 à 1848 (20 vol. in-8o). Une 2e édition en a été donnée (1865-1867) par J. Chantrel, avec continuation jusqu'en 1860, suivie d'une table générale et d'un atlas de 20 cartes dressées par Dufour (16 vol. gr. in-8)

Page 204, ligne 9. — *La mort de votre illustre père.* — L'affection ne dictait aucune hyperbole à Xavier, quand il parlait des regrets de l'Europe entière. Dans la liste des maréchaux de France, aucune carrière n'est plus héroïque et plus honorable que celle du duc de Reggio. Son intégrité, son désintéressement — mérite rare à cette époque — ont égalé sa brillante valeur.

Page 206, ligne 1 — *L'invasion du choléra à Pétersbourg.* — C'est la redoutable invasion qui devait atteindre la France, et surtout Paris, pendant l'été de l'année suivante (1849).

Page 207, ligne 8. — *Notre roi Charles-Albert aura un sort analogue.* — La double prédiction de Xavier s'est à peu près réalisée. Lamartine, après une éclatante popularité, s'est éteint dans la gène et presque dans l'oubli. Charles-Albert, vaincu à Novare (23 mars 1849), mourait dans l'exil, quelques mois après sa défaite.

Page 208, ligne 12. — *Dans le chaos de ces interminables guerres.* — A cette date, à la suite des événements de 1848, l'empereur Nicolas, après avoir contracté alliance avec la Prusse et l'Autriche pour comprimer l'esprit révolutionnaire, avait puissamment aidé ce dernier État à écraser l'insurrection hongroise (1849).

Page 210, ligne 23. — *Les Castel-Bajac.* — M. de Castel-Bajac, beau-père de la jeune duchesse de Reggio, fut ambassadeur à Saint-Pétersbourg. C'est lui qui annonça à la famille de Marcellus la mort de leur ami Xavier de Maistre (12 juin 1852).

Page 213, ligne 16. — *Radewsky... qui gagne des batailles à quatre vingt-dix ans.* — Xavier de Maistre exagère un peu. Radewsky, né en 1766, vainquit Charles-Albert à Novare et reprit Venise en 1849. Le feld-maréchal autrichien n'avait donc que quatre-vingt-trois ans.

Page 216, ligne 9. — *La perte que vient de faire Valentine.* — Comme le dit la suite de la lettre, la comtesse de Marcellus venait de perdre sa belle-mère.

Cette lettre, qui termine la correspondance, tracée d'une main tremblante, est assurément une des dernières écrites par Xavier ; on sent qu'il a voulu prendre sur lui de remplir un devoir d'affection en écrivant au comte de Marcellus ces lignes de condoléance.

Page 219. — *Poésies.* — On trouvera dans notre étude (page xvi et suivantes) quelques détails relatifs à ces pièces de vers.

Page 220, ligne 1. — *Épitaphe du chat Pantalon.* — Cette pièce, composée à Naples, en juin 1832, est citée par le comte de Marcellus à propos d'un autre chat, celui du pape Léon XII, *Miatta,* dont Chateaubriand avait hérité « J'ai connu à Naples le chat de l'archevêque de Tarente, *Pantalone,* qui avait pris son nom d'un masque de Venise, Mon ami, le comte Xavier de Maistre, improvisa ainsi son épitaphe, un jour que nous revenions ensemble du palais du prélat affligé de sa mort. »

(*Chateaubriand et son temps,* page 431.)

Page 220, ligne 13. — *Le Prisonnier et le Papillon.* — Un prisonnier avait raconté à l'auteur qu'un papillon était un jour entré dans sa prison en Sibérie. Cette jolie pièce a été traduite en russe, puis retraduite en vers français par un de nos secrétaires d'ambassade qui n'en savait pas la première origine. Pareille aventure est arrivée à la *Chute des feuilles* de Millevoye. (Note de Saint-Beuve.)

Page 223, ligne 19. — L'Auteur et le Voleur. — Nous croyons la part de Xavier de Maïstre beaucoup plus considérable que celle de Kriloff dans cet apologue et dans le suivant. On regrette dans le premier la finesse ordinaire et la touche délicate de l'auteur du *Voyage*. La haine que Voltaire a inspirée aux de Maistre se donne trop aisément carrière dans cette pièce qui est moins une fable qu'une violente satire.

Page 227, ligne 7. — L'amitié des chiens. — Nous préférons de beaucoup cette jolie fable où les réminiscences de Corneille et de la Fontaine semblent trahir la plume d'un fabuliste français bien plus que celle d'un écrivain russe.

FIN DES NOTES DU TOME SECOND.

INDEX

DES PERSONNAGES NOMMÉS

DANS LA CORRESPONDANCE.

TABLE DES MATIÈRES

DU TOME SECOND.

CORRESPONDANCE (Suite).

POÉSIES.

FABLES DE KRILOFF,
TRADUITES PAR L'AUTEUR.

FIN DE LA TABLE DU TOME SECOND.

IMPRIMÉ PAR A. QUANTIN

ANCIENNE MAISON J. CLAYE

LE VINGT-CINQ MAI MIL HUIT CENT SOIXANTE-DIX-SEPT

POUR

ALPHONSE LEMERRE, LIBRAIRE

A PARIS

www.ingramcontent.com/pod-product-compliance
Lightning Source LLC
Chambersburg PA
CBHW071819020726
47502CB00004B/1165